L'Amour moderne

DU MÊME AUTEUR

Les Vies Lewis, éditions Léo Scheer, 2010
Un smoking à la mer, éditions Léo Scheer, 2011
Les Enfants trouvés, éditions Léo Scheer, 2012
La Révolution française, éditions Gallimard, 2013
Gaudriole au Golgotha, éditions Gallimard, 2014
Le Club des vieux garçons, éditions Stock, 2017
La Prophétie de John Lennon, éditions Stock, 2019 (prix Cazes)
Mémoires d'un avare, éditions du Cerf, 2021
Châteaux de sable, éditions Robert Laffont, 2021 (prix des Deux Magots, prix du Meurice, prix de l'Académie française Maurice-Genevoix, prix littéraire de l'ANF)
Les Petits Farceurs, éditions Robert Laffont, 2023 (prix Roger-Nimier)

Louis-Henri
de La Rochefoucauld

L'Amour moderne

roman

PAVILLONS

Robert Laffont

Ouvrage publié sous la direction d'Élisabeth Samama.

ISBN : 978-2-221-27802-4
Dépôt légal : août 2025
Éditions Robert Laffont – 92, avenue de France, 75013 Paris
contact@robert-laffont.com

« Ne sommes-nous pas tous prisonniers ?
Elle avait lu une très belle pièce sur un homme
qui écrivait avec ses ongles sur le mur de sa cellule,
et elle avait eu le sentiment que c'était vrai de la vie,
on écrivait avec ses ongles sur un mur. »

Virginia Woolf, *Mrs. Dalloway*

1

La voûte d'acier

Combien de moments de notre vie nous rappelons-nous vraiment ? Des semaines, des mois, des années filent sans que rien ne s'imprime, ou bien à l'encre sympathique. Parfois, un événement laisse une croix indélébile dans le calendrier. Nous aurons beau jeter nos almanachs démodés, il restera en nous une trace tenace. Parmi ces journées millésimées qui prenaient la poussière au fond de sa mémoire, Ivan Kamenov s'enivrait de temps en temps en ressortant celle datée du 4 septembre 1993.

Ivan, huit ans, était enfant d'honneur au mariage de son parrain, en Champagne. À cause de son bol blond suédois et de son apparence de page, on lui demandait souvent de tenir ce rôle dans des costumes de carnaval, pour des oncles et tantes à la mode de Bretagne. La figuration lui allait comme un gant. Ce 4 septembre 1993, la parenté était plus proche, et Ivan avait remis le couvert vêtu d'une vareuse blanche et bleu canard. La messe avait eu lieu en cette belle église d'Épernay construite en 1895 grâce à un don providentiel du président de la maison Moët & Chandon – le fruit de la vigne et le travail des hommes peuvent être utiles. Les vitraux évoquaient le baptême de Clovis et le sacre de Charles VII. Dans des nuées d'encens, Ivan avait porté les alliances sur un coussinet de velours grenat, sous le regard approbateur de nos anciens rois.

Sortant de Polytechnique, le parrain d'Ivan avait demandé à des camarades de promotion de lui faire une haie d'honneur. Après la cérémonie, sur le parvis, une douzaine de polytechniciens, sanglés dans leurs uniformes rouge et noir, bicorne sur le crâne, avaient dressé leurs épées au-dessus de la tête des nouveaux mariés. Juste à côté de ces derniers, tenant la main de Madame, Ivan avait levé les yeux. L'été finissant s'harmonisait avec les reflets argentés des lames.

Plus tard, lors du cocktail, Ivan avait suivi un couple d'amoureux qui cherchaient à s'isoler. Si la charmille couverte ne formait qu'un petit labyrinthe, trop court pour semer les curieux, la propriété où se tenait la réception semblait s'étendre à l'infini – buissons, bosquets, parterres de fleurs. La nuit tombait sur les collines champenoises. Derrière un chêne, près d'une mare, le garçon, également polytechnicien, avait fougueusement embrassé la fille. Ivan avait ressenti une décharge électrique dans tout le corps : il n'avait jamais rien vu d'aussi érotique. La scène l'attirait. Mais si quelqu'un l'apercevait ? Il était retourné sous la tente en courant. Le dîner allait commencer.

Dans un coin à l'écart de celles des grandes personnes, une table réunissait les plus jeunes. Au milieu du repas, un témoin du marié avait fait circuler un livre d'or. Un grand-oncle goguenard avait noté que « les chaînes du mariage sont si lourdes qu'il faut être deux pour les porter, quelquefois trois » – Ivan n'avait pas compris la plaisanterie.

Les discours s'éternisant, des gens sortaient fumer, des tables entières se vidaient. Ivan avait discrètement trempé ses lèvres dans des fonds de verres de vin et de champagne. Cette première ivresse avait posé sur ses yeux un filtre adoucissant. Il lui avait alors semblé enviable d'avoir la vingtaine, un uniforme militaire et une femme à son bras. Un jour, il serait l'un d'entre eux, il en faisait le serment. Comme il tombait de fatigue, sa grand-mère l'avait pris sur ses genoux. Elle l'avait écouté divaguer et, en le berçant, lui avait promis qu'elle louerait un appartement sur les Champs-Élysées pour le voir en vrai quand il défilerait le 14 Juillet. Il pouvait faire de beaux rêves…

Ivan ne se souvenait plus de la suite de la soirée – il avait dû s'endormir pendant la valse des mariés, et sa mère l'avait ramassé assoupi sur une chaise. À son retour à Paris, ce samedi enchanté l'avait poursuivi. La fête, la jeunesse triomphante, le garçon et la fille surpris enlacés, le coucher de soleil sur les vignes, en pleine saison des vendanges… Il en avait conçu une certaine idée de l'amour – bien trop candide, et qui ne pouvait pas tenir longtemps.

Huit mois plus tard, un drame aux échos troublants avait fait voler en éclats cette cristallisation d'illusions enfantines. Ivan était en CE2 au petit Loyola, l'école primaire de la rue Louis-David, dans le XVIe arrondissement de Paris – « le bon XVIe », disaient les puristes. Depuis la maternelle, le grand copain d'Ivan s'appelait Alexis Dubois. La luxueuse maison anglo-normande des parents Dubois se nichait au fond de la villa Vermeer, une voie privée qui donnait rue Scheffer, à trois cents mètres du petit Loyola. Tout y respirait l'opulence séculaire – les commodes Louis XV, les toiles de maître, les tapisseries des Gobelins. Une nurse anglaise veillait sur l'éducation bilingue des enfants. Quand Ivan allait en voisin chez Alexis regarder des courses de Formule 1, elle leur servait de succulents scones. Marie, la mère franco-écossaise d'Alexis, venait d'une famille de la noblesse immémoriale qui avait redoré son blason en s'alliant avec les propriétaires d'une fameuse marque de whisky. De moins bonne extraction, le père, Paul, était sorti dans les premiers de Polytechnique. Il avait annoncé un moment une brillante carrière, puis tout avait mal tourné.

Mercredi 18 mai 1994, Dubois était rentré plus tôt de son travail. Ivan était censé goûter villa Vermeer, mais le père d'Alexis avait annulé le matin même, au motif que son fils devait aller chez le dentiste pour une carie. La suite était floue, et Ivan ne pouvait se fier qu'aux rares articles parus après les faits, qu'il avait lus des années plus tard et à partir desquels il avait reconstitué la journée... Dubois avait commencé par intimer à la nurse d'aller au cinéma – la pauvre était épuisée, elle devait se détendre de temps à autre. Et puis, selon ses termes repris dans la presse, il voulait « profiter des enfants ». Il avait d'abord entraîné à la cave son fils aîné, Donatien, sous prétexte de faire un peu de bricolage. Il l'avait étranglé, avant de l'achever à coups de marteau. Puis il était remonté au rez-de-chaussée. Sa femme, Marie, lisait un roman sur son lit, au premier étage. Alexis et son autre frère, Philippe, faisaient des bêtises à la salle de jeux du deuxième étage, une grande pièce que les camarades des fils Dubois tenaient pour la caverne d'Ali Baba en raison du flipper, du baby-foot, des consoles dernier cri et du circuit de course électrique géant. Décorée par l'affiche officielle des Jeux olympiques d'Albertville 1992, cette pièce était le refuge des trois frères : on y trouvait encore dans un coin la cabane de leur petite enfance, un théâtre de marionnettes et, dans un immense coffre à jouets, leurs premiers livres aux tranches décollées, des figurines de dinosaures, des robots cassés, des images Panini, des puzzles auxquels il manquait des pièces, des déguisements roulés en boule... Sans doute inspiré par un instinct de survie, Philippe s'était dissimulé derrière le théâtre de marionnettes quand son père avait franchi le seuil de la porte sans le voir. Dubois avait tiré Alexis comme un lapin. Alertée par la détonation, Marie avait surgi dans l'escalier. Les dernières balles avaient été pour elle. Que ferait-il de Philippe ? Il n'y avait plus pensé – un oubli incompréhensible imputable à la tension du moment. Dubois était redescendu au salon, avait mélangé des calmants et des somnifères au whisky de sa belle-famille ; puis il s'était effondré par terre. Mais il avait fait bien trop de boucan pour mourir tranquille. Les voisins avaient appelé la police. Square Pétrarque, où il habitait, à deux cents mètres de là, Ivan avait-il entendu les sirènes retentir rue Scheffer ? Dubois était dans le coma à l'arrivée des secours. Son corps gisait au pied de ce tableau qu'aimait Marie : un portraitiste les avait peints tous les cinq, le couple et ses trois enfants. La famille parfaite, bon chic bon genre. Avec les tons pastel, on aurait dit une publicité pour Ralph Lauren. Vêtu d'un pantalon framboise écrasée, d'une chemise blanche et d'un chandail torsadé noué autour de ses épaules, Dubois posait une main possessive sur Marie, visiblement heureuse dans son pull en cachemire vert d'eau et son pantalon corsaire assorti. Alexis et ses frères paraissaient proches, les aînés assis sur de vieilles chaises en osier, le cadet en tailleur sur le parquet, un genou écorché sous son bermuda de flanelle. Aucun doute qu'ils quêtaient à la messe le dimanche. Quant aux parents, on leur aurait donné le bon Dieu sans confession.

À côté de cette toile arcadienne, trop belle pour être vraie, la scène de crime tranchait. Il faudrait interroger Dubois sur la folie qui s'était emparée de lui. Arriverait-on à le réanimer ? Il était toujours inconscient dans l'ambulance, lors de son long transfert vers l'Hôtel-Dieu. Quant à Philippe, Ivan n'avait jamais su ce qu'il était advenu de lui depuis qu'un policier l'avait retrouvé transi de peur derrière le théâtre de marionnettes.

Le dimanche suivant le meurtre, vers midi, Ivan s'était assis sur le canapé devant *L'Heure de vérité*, l'émission politique phare de France 2. C'était un rituel dominical square Pétrarque – résultat, Ivan aurait pu lister tous les membres du gouvernement Balladur. Son père, qui s'entêtait à dire « Antenne 2 », voulait le sensibiliser aux questions de société. Son porto et ses pistaches posés sur un guéridon, il commentait l'action comme devant un match de rugby. À l'approche des élections européennes, un débat opposait ce jour-là Élisabeth Guigou à Philippe de Villiers. En lui tendant une pistache, son père avait demandé à Ivan s'il se sentait souverainiste. Ah ça, le traité de Maastricht nous avait bien foutus dedans…

Lors du déjeuner qui avait prolongé *L'Heure de vérité*, outre du scrutin à venir, il avait surtout été question du poulet rôti, trop sec. Pourquoi le boucher de la rue de l'Annonciation rechignait-il à leur donner de la sauce ? La prochaine fois, il faudrait le pousser à fournir un effort. Dieu merci, le boulanger de la rue Vineuse avait sauvé la mise avec ses fabuleux éclairs au chocolat. Était-il vrai que les propriétaires du troisième voulaient vendre ? Bon débarras : ils ne causaient que des problèmes dans l'immeuble. L'inénarrable tante Catherine avait laissé un message sur le répondeur – rien d'urgent, elle rappellerait. D'autres sujets passionnants avaient été abordés, mais pas un mot sur l'assassinat d'Alexis. Après un petit verre de Chartreuse Verte, le père avait levé la séance. Ivan avait regagné sa chambre, abattu, ne pensant qu'à Alexis. Il écrasait une larme quand sa mère avait frappé à sa porte. Elle venait voir comment il allait. Elle l'avait pris dans ses bras, assurant qu'elle serait là pour lui s'il avait besoin d'elle. Mais elle n'avait pas voulu entrer dans les détails, excepté sur un point : Ivan ne serait pas convié à l'enterrement, qui aurait lieu dans la plus stricte intimité. Là-dessus, elle l'avait laissé face à la fenêtre qui donnait sur la cour. Il ne s'y passait jamais rien. Où chercher la consolation ? Ivan s'était allongé avec une bande dessinée, *Tintin au Tibet*. Les montagnes enneigées l'avaient dépaysé. Hélas, même en allant braver les avalanches dans l'Himalaya, lui ne pourrait pas retrouver son ami perdu.

2

Prochain amour

Le temps avait passé. Ivan avait accompli toute sa scolarité à Loyola, collège et lycée. Certains jours de pluie, isolé dans la cour de récréation, il se souvenait d'Alexis. Quelles études aurait-il suivies ? Quel jeune homme aurait-il été ? Ayant fait de bonne heure son apprentissage de la vie à l'ombre des deux polytechniciens, le bon et le damné, Ivan ne s'était finalement pas présenté au même concours qu'eux. Sa chère grand-mère s'était éteinte sans l'avoir vu défiler en uniforme le 14 Juillet. Ivan avait assisté à des enterrements et à des mariages. À vingt-sept ans, l'ancien enfant d'honneur avait convolé à son tour, à l'église Saint-Roch à Paris.

S'était-il enterré vivant ? Il s'était vite senti comme un zombie – mais il l'était déjà depuis 1994, et avant. Descendant de Russes blancs ayant émigré vers la France en 1917, Ivan avait été élevé dans le mythe d'un paradis perdu. Les Kamenov n'étaient peut-être pas les Romanov, enfin on parlait quand même d'une famille princière. Ivan avait l'obligation de mettre au monde un fils – sinon, sans frères ni cousins, il serait le dernier des Kamenov. Après le déclin, sa dynastie en arriverait-elle à l'extinction pure et simple ? Il avait voulu tenir la baraque, et ça avait fait pschitt. La stérilité de son couple et d'autres déceptions et fatigues l'avaient vieilli prématurément. Il avait eu l'impression d'évoluer sous une haie de déshonneur. Migraineux de nature, il avait découvert des contrées inexplorées dans le monde tumultueux des maux de tête.

Son mariage, prometteur sur le papier, avait duré dix ans. Au bout d'une décennie d'une inadéquation manifeste, Ivan et son épouse avaient décidé d'un commun accord d'arrêter les frais. Il aurait dû s'équiper d'un stylo et d'un carnet lors de leur dernière explication, des plus marrantes si on y repensait, sorte de thérapie de couple sans éclats de voix où sa future ex-femme lui avait sorti des énormités d'un ton réjoui. Détaché de tout, y compris de sa vie, Ivan avait tendance à se retrouver dans un vaudeville, et à en jouer. Ce soir-là, lui parlant comme à une lointaine fréquentation de leur couple, elle lui avait dit qu'elle s'était trompée : Ivan n'était pas l'homme de sa vie – de toute façon, il n'était même pas un homme. Elle avait hâte de tourner la page et de remplacer ce pitre par le mâle alpha qu'elle méritait. Ivan avait ri.

« Tu as raison, ça doit être dingue.

— Quoi ?

— De vivre avec un mâle alpha, un haltérophile plus fort qu'Atlas, qui porte son foyer sur ses épaules. C'est ce qu'il te faut : un titan. Ça te changera de ton premier mari, cette fin de race qui ne faisait rien de ses dix doigts. Je l'aimais bien, pour ma part, même si je le connaissais peu. Il était sympa, mais disons ce qui est : c'était quand même un incapable notoire. »

Plus rien n'avait de gravité pour Ivan. Que pourrait-il lui arriver de pire que la mort d'Alexis ? À l'image de certains rescapés d'un accident ou d'une maladie lourde, il avait pris la vie comme une sorte de temps additionnel où il fallait trouver de l'amusement. Malgré tout, il était partagé entre son goût pour le théâtre de boulevard, cette bouffonnerie qu'il sentait en lui, et un sens de la respectabilité qu'il tenait de son éducation. En 2006, à vingt et un ans, il avait percé grâce à un livre autobiographique, *Les Ruskofs*, paru aux Éditions de Minuit et lauréat du prix Médicis. Avec cette peinture poétique du Saint-Pétersbourg et des datchas d'antan, suivie du récit de l'exil de ses ancêtres, Ivan avait réussi à se faire plaindre tout en restant décent – ainsi avait-il séduit la gauche autant que la droite. Il avait monté au théâtre des Amandiers une version avant-gardiste de *La Cerisaie* de Tchekhov, puis au théâtre de la Colline une adaptation des plus soporifiques d'*Anna Karénine*. Sur les photos de presse, même sans la stature de Tolstoï, il jouait les beaux ténébreux. Il avait des idées sur le monde.

L'intelligentsia l'adorait. Auréolé de cette touche slave qui le rendait exotique, il aurait pu rabâcher longtemps les mêmes banalités d'un air inspiré, en se contentant d'en récolter les bénéfices.

Au grand dam de ses supporters de la première heure, Ivan n'avait aucun goût pour la tragédie. Il aimait trop rire et avait des facilités dans ce registre. Il cachait dans ses tiroirs des pièces désopilantes qu'il écrivait en cinq jours montre en main. Il savait qu'il ferait mieux de garder pour lui ses œuvres les plus potaches – il avait quand même une image à préserver dans le spectacle vivant ! Derrière son bureau, à la fin de sa vingtaine, il avait élaboré son genre de prédilection : la comédie chic, celle qui lui permettrait de faire les poches aux bourgeois tout en gardant la cote chez les critiques moins bien nantis. Certes, il perdrait les plus snobs, mais il gagnerait des millions. Ivan s'était lancé dans la tournée des grands-ducs, créant ses pièces dans des salles comptant parmi les plus courues de Paris : le théâtre Hébertot, le théâtre Antoine, le théâtre Édouard-VII, la Comédie des Champs-Élysées… Il avait aligné les Molières sur la cheminée de son salon. *Télérama* l'avait accusé de trahison envers le théâtre public, mais, dans *Le Figaro*, le pourtant redoutable Louis Marignan, responsable des pages « culture », le portait aux nues comme « le phénix du théâtre privé ». Le jour où l'une de ses pièces avait été montée à Londres, il avait encore franchi un cap : Londres, c'était la porte ouverte sur le reste du globe. Quelques mois plus tard, s'envolant vers

Broadway, Ivan avait rejoint le club très fermé des quatre auteurs de théâtre français les plus joués dans le monde. Alors que sa carrière décollait, son mariage s'était écrasé.

Au moment où commence véritablement cette histoire, au printemps 2023, Ivan planait. Il était séparé depuis un an et fêtait en solitaire son divorce de coton. Lors de la signature des papiers, son ex-femme lui avait concédé qu'il était rigolo – ça, on ne pouvait pas le lui retirer. L'humour et la contemplation avaient toujours secouru cette espèce de moine fantasque. Par chance, il n'était pas amateur de stupéfiants, car il avait un penchant pour la rêverie, ou plutôt pour une dissolution de tout son être dans le rêve. Aucune drogue dure n'aurait pu égaler le soulagement divin que lui procurait son célibat retrouvé.

Les pièces d'Ivan étant désormais montées un peu partout, les droits d'auteur affluaient sur son compte en banque. Cela aurait dû le laisser tranquille. Allez savoir pourquoi, le doute l'habitait : il avait perdu son inspiration. Plus une réplique amusante ne lui traversait l'esprit. Était-il déjà fini ? Pour fuir cette question, il s'était remis à lire, notamment des auteurs russes. *Premier amour* de Tourgueniev l'avait ému. Aurait-il droit à une nouvelle histoire ? Blaguer ne tient plus quand on est seul. Il avait besoin de compagnie, d'un minimum de répondant. Il se demandait quelle tête aurait sa seconde épouse. Sa tante Catherine lui avait dit que, à son jeune âge, il avait encore deux ou trois divorces devant lui. Puis ce serait la tombe - ce qu'elle appelait aussi « la délivrance ». Ivan avait enchaîné avec *Fragments d'un discours amoureux* et *Le Nouveau Désordre amoureux*, deux essais parus aux éditions du Seuil en 1977 - mais il n'avait jamais compris une ligne aux livres qui sortaient au Seuil, il n'était pas assez savant pour ces publications. Comment relire sa vie sentimentale et la comprendre ? Une solution aurait été d'entamer une psychanalyse. Il n'avait pas le sérieux nécessaire pour ces élucubrations.

L'amour était-il à réinventer, ainsi que le pensait le poète de Charleville ? Fallait-il, pour cela, être absolument moderne ? Mais quelle était la définition de la modernité en amour ? En matière de sentiments, ne valait-il pas mieux être vieux jeu ? Personne n'ayant apporté de réponse convaincante en 1977, il n'y avait pas de raison qu'il fasse mieux au XXIe siècle… Une chose était sûre : Ivan gardait espoir, car il avait trente-huit ans et la certitude que la trentaine n'était pas une décennie habitable pour lui. Il attendait la quarantaine pour se refaire la cerise. D'ici là, il avait décidé d'hiberner. Sans se douter qu'une rencontre allait changer la donne.

3

Légendes de notre siècle

Rabaisser son épouse est-il le plus sûr moyen de sauver son couple ? C'est ce que pensait Michel Hugo, un homme de conviction qui mériterait une biographie en trois tomes, et dont nous allons ramasser le glorieux parcours en quatre paragraphes pour coller à notre époque éprise de vitesse.

Ce Michel ne descendait pas de l'autre Hugo, et le cadre dans lequel il avait grandi ne rappelait pas précisément *Les Misérables*. Né à Paris en 1960 d'un père avocat aux conseils et d'une mère au foyer, réputé pour sa joliesse d'angelot qui se révélerait passagère, il avait servi la messe à Saint-Sulpice. L'enfant de chœur cachait une petite frappe : il avait été viré du collège Stanislas, puis de diverses écoles privées de la rive gauche, enfin de plusieurs pensionnats de province, dont Juilly. Après le bac, le voyou de bonne famille avait suivi de vagues études de droit à Assas. Ses manuels lui tombaient des mains. Il fréquentait plus assidûment les boîtes de nuit que les bancs de la fac ; cela l'avait conduit de bonne heure au demi-monde du spectacle. Sa verve et son culot l'avaient fait embaucher chez Artmedia, l'agence artistique de Gérard Lebovici. En 1984, après l'assassinat par balles de Lebovici dans le parking de l'avenue Foch, Michel avait voulu voler de ses propres ailes.

De son père spirituel, le nouvel Hugo avait hérité un goût pour les brigands. Les années 1980, celles du socialisme et de la cocaïne mêlés, avaient été les siennes. Hugo savait jongler avec l'air du temps, avait le flair pour repérer les stars de demain et reniflait tout aussi bien les scénarios qui lui passaient sous le nez. D'abord imprésario, il s'était imposé comme le producteur de sa génération. Il lui suffisait de claquer des doigts pour attirer dans les salles des millions de spectateurs. La cérémonie des César ressemblait à une représentation de Guignol où il aurait été le marionnettiste – une pluie de récompenses s'abattait chaque année sur les films estampillés Hugo. Patron du cinéma français, dernier nabab d'une profession gagnée par la morosité et la frilosité, il était également collectionneur. Son duplex de la rue de Babylone avait tout du musée. Le Tout-Paris s'y pressait autour des dîners préparés par son cuisinier, réputé meilleur que Carême. Ses invités s'empiffraient et s'alcoolisaient ; lui ne se resservait pas. Sans jamais perdre sa lucidité, il interrogeait les uns et les autres, leur extirpant des infos utiles, qu'il n'hésiterait pas à retourner si nécessaire contre ceux qui avaient leur rond de serviette chez lui. C'est ainsi que Hugo avait réussi, jusqu'à être nommé ministre de la Culture, avec un bagout inédit depuis Maurice Druon sous Pompidou.

Les tapis rouges mènent-ils quelque part ? Au bout de trois ans rue de Valois, Hugo avait été démis de ses fonctions. On ne savait pas très bien quelles étaient ses casseroles, mais le bruit courait qu'il y en avait… Le Premier ministre avait pris prétexte d'une déclaration jugée offensante par les intermittents du spectacle pour lui retirer son maroquin. C'était l'écume. À soixante-trois ans, Hugo avait perdu de sa superbe. S'il venait à l'origine de la gauche caviar, son attitude et sa liberté de ton tenaient plus de l'anarchiste de droite – inclassable, il peinait à rassembler des soutiens. De vieux amis lui tournaient le dos au Festival de Cannes, ne voulant plus apparaître en photo à côté de lui. Il était à la fois radioactif et daté. Cette mauvaise passe était intolérable pour un homme toujours dans le contrôle. Certes jouisseur, il était aussi ascète. Il surveillait sa ligne comme un grippe-sou garrotte ses dépenses. Chauve et de taille moyenne, très sec, avec une barbe proprement taillée, il n'en imposait pas physiquement à première vue. Il cachait bien son jeu. Caméléon charmeur et manipulateur, il savait prendre les manières du faubourg Saint-Germain ou parler l'argot de la pègre. Il s'habillait avec le plus grand soin et s'aspergeait d'eau de toilette, mais fumait la pipe à longueur de journée, ce qui lui donnait une haleine fétide et des mains sales, aux ongles noirs. Il y avait cette histoire sordide d'une salariée qu'il aurait forcée en la menaçant avec un pistolet. On disait qu'avec un chèque il avait étouffé l'affaire. On racontait beaucoup de choses sur lui… Le féroce Louis Marignan lui avait trouvé un surnom qui faisait florès : « Hugo le Petit ». D'autres journalistes s'étaient enhardis, émettant des réserves sur son compte. On reprochait à Michel Hugo ses accointances avec des bandits, sa condescendance vis-à-vis du fisc. Plus que ces histoires de gros sous, son donjuanisme gluant, autrefois jugé pittoresque, semblait devoir le diriger à plus ou moins long terme vers la rubrique « faits divers ». Il avait été Casanova, il finirait Landru. Quand ressortirait-on pour lui la guillotine ?

Hugo devait revenir sur le devant de la scène avec un coup d'éclat. Cet homme roué n'avait pas que l'amoralité et l'avidité de Talleyrand ; il en possédait aussi la ruse diplomatique. Calmement, il mettait au point sa contre-attaque. Pour éviter la fin de règne, il ne voyait qu'une solution : faire front avec son épouse. Or c'est là que le bât blessait : ils ne se parlaient plus et, au-delà, elle ne voulait voir personne.

Née en 1975, Albane Blanzac s'était révélée dès 1993 dans une nouvelle version un peu kitsch de *La Belle au bois dormant*, où elle tenait le rôle-titre. Michel Hugo était aux manettes de ce film qui avait été l'un des plus gros succès de l'hiver, ravissant autant les enfants que les grands-mères. Dans notre société vulgaire qui ne produit plus d'icônes, Albane Blanzac se démarquait. Elle avait quelque chose d'une nouvelle Lauren Bacall. Ce n'était pas qu'une question de silhouette et d'allure. Rare dans les médias, et alors impeccable, drôle et sibylline, elle savait créer du mystère. Hugo avait fait de sa muse à la fois sa femme et la figure de proue de ses productions. Albane avait vingt ans quand elle avait épousé cet homme de quinze ans son aîné. Une seule fille était née de leur union. La maternité n'avait pas été un frein à son ascension. De trente à quarante ans, par ailleurs égérie Chanel, Albane avait incarné toute une série de figures historiques aux antipodes les unes des autres, de Jeanne d'Arc à Sarah Bernhardt, d'Olympe de Gouges à Geneviève de Gaulle-Anthonioz, de Louise Michel à Marie-Antoinette. Cette dernière prestation lui avait enfin valu son premier César de la meilleure actrice, ainsi que l'Oscar. Elle avait l'Amérique à ses pieds. Choisirait-elle de s'installer à Bel Air ou à Beverly Hills ? Se noierait-elle une nuit dans la piscine du Château Marmont après avoir mélangé champagne et barbituriques ? On lui promettait une carrière sensationnelle à Hollywood – les feux de la rampe et l'inévitable descente. Elle n'en avait pas voulu. Depuis *Vie et Mort de Marie-Antoinette*, elle n'avait plus tourné. Cela faisait sept ans – et sept ans de réflexion, c'est long. Même le magazine *ELLE*, dont elle avait souvent fait la couverture, avait cessé de l'appeler. Chanel l'avait remplacée dans ses publicités par des starlettes moins fascinantes mais plus dociles. De jeunes réalisateurs naïfs s'entêtaient à adresser à Hugo des scénarios pour elle, persuadés qu'avec eux la légende daignerait reprendre du service. Il n'y avait rien à faire : Albane Blanzac ne répondait plus.

Et si Hugo orchestrait son grand retour, qui marquerait aussi le sien ? Ainsi pourrait-il faire la « une » de *Paris Match* au bras de son Albane chérie... On saluerait la renaissance inespérée de la diva, et elle déclarerait tout ce qu'elle devait à son pygmalion. Un projet ensemble, voilà ce qui manquait à leur image publique – enfin, surtout à la sienne à lui. Et c'est là que cet homme méphistophélique avait besoin d'Ivan Kamenov, dont la cote était au zénith.

Un matin où Ivan hésitait à se servir un troisième café, son téléphone sonna.

« Allô ?

— Mon cher Ivan, comment allez-vous ?

— Ça va...

— Très bien !

— Pardon, mais qui est-ce ?

— Michel à l'appareil. Michel Hugo, je veux dire. Je vous dérange ? »

4

Le Phénix et le Renard

Ivan Kamenov avait rencontré Michel Hugo au ministère de la Culture quand ce dernier l'y avait fait chevalier des Arts et des Lettres. Ivan n'avait pas su comment réagir à ses compliments obséquieux. Ils s'étaient recroisés lors de quelques mondanités, mais leurs relations étaient restées des plus superficielles. Albane ne l'accompagnait plus jamais – ce qui faisait murmurer à Michel qu'elle n'acceptait pas son âge, manière pernicieuse de laisser entendre qu'elle était capricieuse, caractérielle, folle à lier…

Depuis une vingtaine d'années, Hugo était propriétaire du théâtre Mélusine, une danseuse qu'il s'était offerte pour se donner un genre. On s'y rendait par les jardins des Champs-Élysées, juste après avoir dépassé le restaurant Laurent, entre le théâtre Marigny et le pavillon Gabriel. L'endroit avait été construit en 1895 par Édouard-Jean Niermans, le subtil architecte franco-hollandais derrière la brasserie Mollard, le Moulin-Rouge, l'hôtel Negresco de Nice, le salon de thé Angelina, rue de Rivoli, ou l'Élysée-Montmartre et l'hôtel du Palais, à Biarritz, rebâtis après des incendies. Le théâtre Mélusine était son chef-d'œuvre. Avec sa forme en rotonde, cette perle de la Belle Époque rappelait le chapiteau d'un cirque. Un pâtissier y aurait plutôt vu une pavlova : façade meringuée et à l'intérieur des fauteuils rouges dressés comme des fraises dans un dessert. Entre l'orchestre, la corbeille et le balcon, la grande salle pouvait accueillir mille personnes. Les soirs de première, Michel Hugo apparaissait dans sa loge.

Depuis qu'il avait perdu sa place de ministre de la Culture, produire des films à la chaîne ne le motivait plus, il connaissait trop bien les recettes. Directeur de théâtre, c'était pas mal pour un baron sur la pente descendante. Il y passait de plus en plus de temps enfermé dans son bureau, pipe au bec.

C'est dans cette pièce tout en boiseries, plus sombre qu'un studio de musique, que Hugo reçut Ivan. Dossiers empilés, tapis persans usés jusqu'à la corde, un buste de Voltaire coiffé d'une couronne de galette des rois, un Molière couché sur une étagère : le désordre régnait. Une lampe de bibliothèque verte éclairait quelques beaux volumes reliés trahissant le bibliophile.

« C'est la différence majeure entre les femmes et nous autres, les hommes : il n'y a plus qu'elles qui achètent les navets qui paraissent, et plus que nous qui collectionnions les livres anciens. J'adore la texture du papier vélin ! Je vous montrerai chez moi mes premières éditions... »

Sur les murs, on remarquait une affiche dédicacée par Louis Jouvet, une autre signée par Arletty, ainsi que celles des *Valseuses* de Bertrand Blier et de *All About Eve* de Mankiewicz, celle enfin du *Jeanne d'Arc* que Michel avait produit – et qui avait valu à Albane un prix d'interprétation au Festival de Cannes, avant son César et son Oscar pour *Vie et Mort de Marie-Antoinette.*

« Les procès en sorcellerie ne sont pas derrière nous : on allume de nouveaux bûchers tous les jours. Vous avez vu comme on me diabolise, en ce moment ? On ne cesse de piétiner la présomption d'innocence. Jeanne d'Arc, c'est moi ! »

Ivan se rappela une anecdote vieille de dix ans, rapportée par l'un de ses amis qui travaillait dans la distribution de films. Une production Hugo était sélectionnée pour le César du meilleur film. Il y avait en face un sérieux concurrent. Fort d'appuis influents dans les médias, Hugo avait fomenté une cabale contre l'acteur principal du film rival, montant en épingle des bruits de couloir infondés – le harcèlement d'une maquilleuse sur un tournage, ce qui n'était pas surprenant de la part d'un type à qui on avait prêté par le passé des violences conjugales. Le plan avait marché à la perfection. Discrédité, l'acteur en question avait plombé le film qu'il était censé porter. Hugo avait décroché la timbale en détruisant la réputation d'un innocent. Derrière son visage impassible, il était imprévisible, ingénieux et teigneux. On ne savait jamais avec ce cobra quand il plaisantait et quand il s'apprêtait à vous donner la morsure mortelle.

À cet instant, sa pipe en bruyère dans une main, il fronça les sourcils tout en gardant cet œil qui frisait. Il voulut ouvrir un tiroir de son bureau Boulle. Ça coinçait.

« Pas pratiques du tout, ces vieux meubles pourris… »

D'un geste brusque et dans un son strident, il le débloqua avant d'y plonger une pogne. Ivan entendit un bruit métallique. Il pensa brièvement au flingue avec lequel Hugo avait braqué une de ses employées. Il ne fit apparaître que du tabac et des allumettes. Hugo bourrait maintenant sa pipe en silence. Après trois bouffées, il se dirigea vers un mini-bar, dont il sortit du Ruinart.

« Un peu de champagne, cher Ivan ?

— Une copine qui bosse dans la mode a ce dicton : "Jamais de champagne, ça me rappelle le boulot."

— Goûtons donc cette bouteille, si vous le voulez bien : nous allons parler travail ! »

Hugo servit à Ivan un verre à ras bord, et juste un petit fond pour lui.

« Est-il vrai que vous avez arrêté d'écrire ?

— C'est temporaire, j'espère, mais en ce moment je n'y arrive pas… Je n'en fiche plus une rame.

— Ça ne vous met pas dans une situation difficile ? De quoi vivez-vous ?

— J'ai la chance que mes pièces soient encore jouées en France et à l'étranger. Je ne remercierai jamais assez Beaumarchais : je lui dois ma tranquillité. »

Jusqu'à la seconde moitié du XVIIIe siècle, les dramaturges se faisaient tondre la laine sur le dos. Remonté à bloc par le succès fou du *Barbier de Séville*, Beaumarchais avait fondé le Bureau de législation dramatique, qui aboutirait en 1791 à la reconnaissance légale du droit d'auteur. Le seul progrès durable apporté par la Révolution française.

« Votre répertoire est exceptionnel, seulement, vous ne pourrez pas vous reposer éternellement sur vos lauriers… Le public piaffe : il attend de pied ferme une nouveauté.

— Ce n'est pas si simple : il ne suffit pas d'appuyer sur un bouton…

— Enfin vous êtes le phénix ! *Le Figaro* l'a écrit, tout le monde le dit. Avant que vous ne soyez joué à la Comédie-Française, votre place est ici, au théâtre Mélusine. Depuis 1900, tous les plus grands y ont créé des pièces. Je serais très fier d'accueillir votre prochaine merveille.

— Je suis sec… C'est la raison pour laquelle j'ai décidé de faire un break.

— Sans mentir, la France vous réclame ! Et moi aussi ! »

Si le ramage d'Ivan se rapportait à son plumage… On connaît la chanson, laquelle fut interrompue par la sonnerie du téléphone de Michel.

« Ah, c'est ma fille, Léopoldine… Elle rappellera. »

Ivan s'étonna intérieurement que l'ancien ministre ait choisi pour son enfant unique le prénom de la fille de Victor Hugo qui s'était noyée à Villequier… Michel rejeta l'appel. Puis il se tourna songeur vers l'affiche de *Jeanne d'Arc*. Un ange passa.

« Je ne vous ai encore rien dit… C'est pour Albane que j'aimerais que vous écriviez une pièce.

— Ah bon ?

— Elle m'inquiète…

— J'espère que vous me pardonnerez mon indiscrétion… Est-elle malade ? Comment se fait-il qu'elle n'ait plus tourné depuis toutes ces années ?

— Oh les femmes, vous savez…

— Les femmes ?

— Le fameux mystère féminin… Albane ne s'aime pas - c'est en partie pour cela qu'elle se cache. En vérité, elle a toujours eu un fond de déprime - c'est un euphémisme. Ça reste entre nous : elle a même connu des internements.

— Récemment ?

— Secret médical. Sachez juste que, sans moi, elle se serait tuée cent fois. Son état n'a cessé de s'aggraver. Elle me rabâche qu'elle ne veut plus avoir affaire au cinéma, à tout ce système prétendument toxique, selon elle… Mais elle accepterait de réapparaître au théâtre, j'en suis convaincu. Ce serait un beau challenge.

— Qu'est-ce qui lui plaît comme spectatrice, au théâtre ?

— Les comédies musicales d'autrefois, les claquettes…

— Désolé : ce n'est pas du tout mon rayon.

— Je ne vous en demande pas tant. Restez dans votre veine : brodez-nous une jolie comédie légère, du Sacha Guitry contemporain… Amusez-nous ! Cela fait un siècle au moins qu'on ne rigole plus en France.

— Hum…

— J'ai un titre pour vous : *L'Amour moderne*. L'amour, c'est toujours vendeur. Jetez-nous sur les planches trois femmes de générations différentes, ajoutez-y un homme un peu niais, veillez à la diversité, soyez inclusif, et le tour est joué.

— J'ai découvert l'autre jour que Stendhal avait mon âge quand il a écrit *De l'amour*. Ça m'a interpellé. Mais je n'entends rien ni à l'amour ni à la modernité – j'aurais donc le plus grand mal à répondre à vos attentes.

— Vous ne comprenez pas… Votre nom sera accolé à celui d'une actrice oscarisée ! De surcroît dans le plus beau théâtre de Paris. Ce sera excellent pour votre prestige. Et, tout en avançant dans votre carrière, vous ferez acte de charité.

— Ah ?

— Contrairement à ce qu'on croit, je suis un agneau. Je veux sauver ma femme. Elle doit revenir parmi les vivants. N'aimez-vous pas Albane, Ivan ? »

Cette question ressemblait à un piège. Il fallait être prudent.

« Je l'apprécie comme comédienne, évidemment, même si j'ai vu peu de ses films…

— Comment ça, vous avez vu *peu de ses films* ? »

Hugo passa de mielleux à glacial. En tirant sans mot dire sur sa pipe, il laissait à loisir Ivan s'embourber dans sa bourde. Ivan but une large gorgée de champagne pour se donner une contenance, puis tenta de rattraper le coup.

« Ma langue a fourché, excusez-moi. J'en connais bien sûr la plupart !

— Et lequel a votre préférence ?

— Allez, je vais me mouiller : si je devais n'en citer qu'un, je choisirais *Jeanne d'Arc*. *Jeanne d'Arc*, c'est le sommet !

— Une scène en particulier ? »

Ivan n'avait aucun souvenir du film.

« Toute la dernière partie ! Grandiose !

— Nous sommes d'accord. Son procès et son exécution, ça fout la chair de poule…

— Quelle interprétation, quand on y repense… Les images me reviennent à l'esprit. On parle souvent des scènes d'amour, mais les scènes de flammes sont encore plus dures à tourner. Et votre épouse y est magistrale. Personne n'a jamais mieux brûlé à l'écran. »

Cette dernière phrase n'avait aucun sens. Hugo ne broncha pas.

« Albane n'est-elle pas brillante ?

— N'ayons pas peur des mots : elle est géniale.

— Vous voyez ? Vous l'aimez, vous aussi… Vous ne pouvez pas refuser ma proposition, Ivan : ce serait non-assistance à personne en danger – *notre* Albane ne va vraiment pas bien. Sans votre secours, elle court droit au suicide… Albane est trop souvent morte au cinéma pour mourir en plus dans la réalité. Écrivez-nous cette pièce ! Si vous ne le faites pas pour moi, faites-le pour elle. »

Le renard tenait sa proie entre ses crocs. Le phénix, fatigué, tanguait sur sa branche. Il ne voulait plus qu'échapper à cette garde à vue.

« Je ne vous promets rien, mais je peux essayer. Prendre des notes, dans un premier temps. Voir si j'arrive à construire un début d'intrigue.

— Voulez-vous que je vous prépare un contrat, si cela vous rassure ?

— Pas ce soir, je vous remercie. Je dois y aller.

— Pardon de vous avoir accaparé.

— J'étais ravi de vous revoir, seulement l'heure tourne et j'ai un dîner… Reparlons-en dans quinze jours ? Trois semaines ?

— Je ne vous retiens pas plus. Je vous rappelle demain matin. »

5

Le chagrin en partage

Michel Hugo n'avait pas l'habitude qu'on lui résiste. Si c'était le cas, il s'acharnait jusqu'à ce qu'on cède à ses désirs, à ses foucades. Il avait par ailleurs un tel pouvoir de nuisance qu'il valait mieux ne pas s'en faire un ennemi. Était-ce pour cela qu'Ivan avait un peu pataugé face à lui au théâtre Mélusine ? Non. Son hébétude venait de plus loin.

Au tout début de sa carrière, lors d'une soirée chez des amis communs, Ivan avait rencontré une fille, Louise, une ancienne de Lübeck dont le père était magistrat. Draguer n'était pas le genre de la maison, mais Ivan avait parlé longuement à cette fille. Il existait pas mal de ponts entre Lübeck et Loyola, ces deux lycées du XVIe. Louise et Ivan avaient partagé des souvenirs de leur scolarité, comme il se doit dans ce type de fêtes, et, de fil en aiguille, ils étaient remontés jusqu'en 1994.

« Tu étais déjà à Loyola lors de l'affaire Dubois ? Ça te dit quelque chose ?

— Oui…

— Papa était très copain avec l'avocat général en charge du procès, et j'avais des cousines à Loyola. On en discutait pas mal à table, chez mes parents… »

Cela avait été un des feuilletons de l'enfance de Louise, avec un impact bien moindre que pour Ivan. Elle parlait de Paul Dubois comme elle l'aurait fait de Jack l'Éventreur. Cette légèreté avait refroidi Ivan. Il n'avait su comment réagir, d'autant que son esprit était déjà embrouillé – il avait trop mélangé les vins. Au cœur du brouhaha de la fête, Louise lui avait lâché un scoop : la mère de famille qui avait été tuée était la sœur d'Albane Blanzac, l'actrice incontournable !

« Hein ?

— Je t'assure ! »

Ivan avait cru à une confusion due à l'alcool, mais Louise était catégorique : elle tenait cette info de son père. Blanzac était un pseudonyme, la star s'appelait en vérité Albane de Coulommes, et elle était la demi-sœur de madame Dubois… À ce moment-là, un garçon avait invité Louise à danser, Ivan avait continué à boire, et il était rentré chez lui ivre mort, retrouvant son chemin par l'opération du Saint-Esprit.

Le lendemain, il s'était réveillé à midi. Avait-il rêvé les révélations de la veille ? Encore hagard, il avait tapé le nom d'Albane Blanzac dans la barre de recherche d'un site de généalogie où il se rendait de temps en temps pour regarder telle ou telle filiation – son père lui avait transmis cette passion. Il avait vérifié et revérifié dix fois. Et là, stupeur : le site semblait formel, Louise avait raison.

Il avait alors vu quelques films d'Albane Blanzac et surtout lu tout ce qui existait sur elle dans la presse, notamment ses interviews. Sa surprise n'avait pas cessé, elle s'était même accrue : la comédienne n'avait jamais fait la moindre allusion à une histoire ressemblant de près ou de loin à l'affaire Dubois.

Ivan venait de recevoir son prix Médicis pour *Les Ruskofs* quand il avait rencontré Louise, mais il n'était pas encore, loin de là, le phénix du théâtre privé. Malgré son manque de légitimité comme dramaturge, il avait eu l'idée d'approcher Albane Blanzac en lui proposant un projet. Dans un état de grande nervosité, il lui avait écrit une pièce, adressée, une fois finie, à la société de production de Michel Hugo, dont les bureaux se trouvaient rue Lauriston, du côté de la place de l'Étoile. Personne n'en avait accusé réception.

Au même endroit, il avait insisté en envoyant à Albane Blanzac une longue lettre manuscrite. Il lui racontait tout ce qu'il avait sur le cœur, lui confessait son chagrin d'enfant de n'avoir pu en parler à personne, ni alors ni depuis. Aurait-elle la générosité de lui accorder un entretien ? Elle ne lui avait pas répondu.

Ivan avait tendance à alterner les phases obsessionnelles et celles d'occultation. Son mariage l'avait enseveli sous d'autres tracas, et, pendant dix ans, le dossier Dubois avait dormi du sommeil osirien. Voilà qu'il réapparaissait en haut de la pile.

C'est pour cette raison qu'Ivan ne s'était pas trop dévoilé dans le bureau de Michel Hugo. Il se demandait pourquoi il l'avait convoqué. Le stress était allé crescendo, surtout quand Hugo était parti sur les malheurs de sa femme. Informé comme il l'était, Hugo savait-il qu'Ivan était à Loyola avec Alexis, l'un de ses neveux ? Ivan avait marché sur des œufs, s'attendant à chaque instant à ce que Hugo sorte l'affaire Dubois de son chapeau. Il ne l'avait pas fait, mais, sans le vouloir, avait remis Ivan sur les rails. Ce dernier croyait aux signes. Il se souvenait du retour qu'il avait guetté, quinze ans plus tôt, quand il avait écrit sa pièce puis sa lettre. À cause de cette résignation qui le rattrapait trop souvent, il avait abandonné, temporairement. Cette fois, il ne laisserait pas passer l'occasion que lui offrait le destin.

Lors d'un dîner en ville auquel Ivan se rendit deux jours après son rendez-vous avec Hugo, un journaliste de *L'Express* tenta de le dissuader d'accepter cette collaboration. Il prédisait à Hugo une chute prochaine – pire que ça, le bannissement et le bagne. Qu'est-ce qu'Ivan aurait à y gagner ? Qu'irait-il faire dans cette galère ? Il n'écouta pas cet oracle. Il rappela Hugo et lui promit qu'il lui écrirait *L'Amour moderne*.

6

Babylone

Hugo était aux anges : il avait bouclé la première partie de son plan. Ne lui restait plus qu'à accomplir la seconde.

Son duplex de la rue de Babylone se trouvait à l'angle de la rue Monsieur. Des fenêtres, on avait vue sur le cinéma La Pagode, cette charmante curiosité japonisante fin XIXe. À moins de cent mètres se dressait l'immeuble où Yves Saint Laurent et Pierre Bergé s'étaient chamaillés pendant plus de trente ans au milieu de leurs œuvres d'art. Quelques milliardaires médiatiques avaient acheté des hôtels particuliers à l'angle, rue Barbet-de-Jouy. On était là au centre de l'entre-soi.

Chez les Hugo, chaque pièce de l'appartement avait son style propre : il y avait le salon XVIIIe, le boudoir vénitien, la bibliothèque copiée sur celle de Beistegui à Groussay… Quand il n'y avait pas d'invités, Michel se mettait aux fourneaux. Il craignait de terminer avec le tour de taille du vieil Orson Welles et n'avait aucune confiance dans les talents de son épouse quand il s'agissait de cuisiner diététique. Afin de maîtriser son taux de cholestérol, il allait remplir lui-même son cabas au bout de la rue, à La Grande Épicerie du Bon Marché.

« À table ! »

Ce soir-là, les manches retroussées, Hugo avait préparé une de ses spécialités : un haddock à l'anglaise revisité – il n'y avait ni œuf poché ni sauce citronnée, le poisson était cramé, servi avec quelques maigres pousses d'épinard. La recette était triste, mais lui sifflait en la préparant. Albane avait appris à se méfier de Michel quand il était d'humeur guillerette : ou bien il était plus détendu que d'habitude (c'était possible), ou bien il manigançait un truc (c'était probable).

« J'ai une magnifique nouvelle à t'annoncer, ma chérie.

— Ah ?

— J'ai pris hier un verre avec Ivan Kamenov. Je sais que tu avais beaucoup aimé sa pièce *L'Envers de l'époque*, que nous avions vue au théâtre Édouard-VII, tu te souviens ?

— Très bien, oui. C'est l'héritier de Molière, je trouve – du Molière acide du *Misanthrope*.

— Et tu sais quoi ?

— Vas-y, dis-moi.

— Il t'adore !

— Qu'est-ce que tu racontes ?

— Je n'invente rien : c'est ton plus grand fan. Le genre à avoir eu des posters de toi dans sa chambre quand il était gamin – il me l'a dit.

— Je ne suis pas si vieille !

— Tu n'es pas un perdreau, non plus… Lorsque Kamenov parle de toi, son visage s'illumine. Il a vu tous tes films plusieurs fois, il peut t'en réciter des dialogues entiers ! À ce qu'il m'a avoué, son fantasme ultime serait de t'écrire une pièce, rien que pour toi.

— Et que lui as-tu répondu ?

— Que je serais enchanté de créer cette pièce au théâtre Mélusine.

— C'est bien la première fois que tu me pousses dans les bras d'un admirateur…

— Je suis tout simplement content pour toi. Je t'aime, tu sais ? Ne boude pas ton plaisir. Estime-toi heureuse que quelqu'un s'intéresse encore à toi, à ton âge… »

Albane n'était pas convaincue, et pas uniquement parce qu'elle en avait assez du sempiternel haddock à la Hugo.

« Tu connais ma décision : je me sens mieux à l'écart du showbiz.

— Quel rapport avec le showbiz ? Je te parle d'art, là ! Tu aurais dit non à Shakespeare ? »

Shakespeare, rien que ça. Quand Michel Hugo se lançait dans les grandes manœuvres, ce n'était pas pour se prendre un mur. Ce diable cauteleux savait maquiller à dessein sa nature profonde. Il débarrassa, mit des assiettes à dessert et sortit sa botte secrète : un énorme saint-honoré, le gâteau préféré d'Albane, acheté chez le meilleur pâtissier du coin.

« Je mange trop de sucre en ce moment, je dois faire attention.

— Je pensais t'être agréable…

— Allez, d'accord pour une lichette. »

Hugo ne l'entendit pas de cette oreille et servit à sa femme une part qui débordait de la pelle à tarte.

« Je suis d'accord avec toi : tous ces scénarios qui te parviennent sont indigestes. Tu as mille fois raison de ne plus vouloir tourner. Là, c'est différent… La pièce de Kamenov, ce sera la crème de la crème !

— Il t'a donné à lire une première mouture ?

— Je vais être honnête : non. Au moins, tu ne pourras pas me reprocher de te faire des cachotteries… Je joue cartes sur table. Kamenov n'a encore rien écrit, mais je sens que sa pièce sera fantastique – et tu connais mon instinct.

— Il en est où exactement ?

— Ivan affronte une petite panne d'inspiration depuis son divorce. Rien de grave. Il avait besoin d'un moteur, et je le lui ai trouvé : écrire pour son idole. Avec les succès qu'il a eus, c'est bon signe qu'il soit fébrile… La traversée du désert, c'est à cela qu'on reconnaît les esprits d'élite, ceux qui savent se remettre en question. Allez, sois gentille, ma belle : donne sa chance à Ivan. »

Le bourrage de crâne durait, car Albane chipotait sa part de saint-honoré. Elle était tentée de rencontrer Ivan, qu'elle jugeait très doué, mais elle voulait comprendre ce que tramait Michel.

« Et si jamais ton Ivan ne retrouve pas son niveau ? Ça existe, tu sais, des auteurs brillants qui deviennent calamiteux du jour au lendemain.

— Aucun risque : j'y veillerai. S'il écrit en pensant à toi, il ne peut que nous pondre une pépite. Et réfléchis un peu en termes d'image : Ivan est très branché en ce moment.

— Le mot *branché* suffit à souligner la ringardise de celui qui l'emploie.

— Ivan fait un tabac à New York !

— Tu m'as toujours dit que les Américains n'ont pas de goût. Tu aurais donc changé d'avis ? »

Hugo aimait railler ceux qu'il appelait « les Yankees ». Il avait fallu voir son numéro au Festival de Cannes l'année où *Vie et Mort de Marie-Antoinette* y avait été présenté en sélection officielle... La rumeur avait commencé là-bas. Sur le tapis rouge, dans les soirées et dans les coulisses, les pipelettes à nœud papillon parlaient déjà de nominations aux Oscars. Soudain, Hugo avait eu les yeux de Chimène pour les huiles hollywoodiennes descendues sur la Croisette. Il savait quelles marches lui restaient à gravir pour que sa femme mette la main sur la statuette dorée. Il avait ciblé les sultans du ciné qu'il devait séduire. Leurs vices étaient connus dans le cloaque cannois. Hugo n'avait pas été avare de champagne, de cocaïne ni de *girls*, louant un yacht et donnant des fêtes auxquelles il ne participait pas vraiment, restant ce démiurge narquois qui tirait les ficelles. Il avait soigné le *storytelling* autour de *Vie et Mort de Marie-Antoinette*, vendu comme un grand film féministe – une aberration dans un tel milieu de maquereaux poisseux. Plus c'est gros, plus ça passe. Neuf mois plus tard, *habemus papam*, Hugo avait vu la fumée blanche à Los Angeles : habillée par Chanel de pied en cap, Albane y avait soulevé l'Oscar de la meilleure actrice.

« Les Yankees sont des ploucs, on est d'accord, mais, en matière de spectacle, ils lancent toujours les tendances – c'est mon domaine, tu peux me croire. »

L'arbitre des élégances babyloniennes s'agaça que son épouse pinaille.

« Tu ne finis pas ta part ? Il te reste tout le gâteau, après.

— Enfin tu ne vas pas me gaver comme une oie ? J'en prendrai demain au petit déjeuner, ça ira très bien avec le café…

— Arrête de dire des âneries. Ça ne vaudra plus rien. La crème chiboust aura tourné. C'était à saisir ce soir. Tant pis : poubelle ! »

Il attrapa l'assiette d'Albane et fit glisser les restes dans la boîte – qu'il écrasa rudement avant d'aller la jeter à la cuisine.

Il en revint non pas furax mais froidement hautain, supérieur.

« Tu vois comment tu es ? On t'offre tout sur un plateau et tu fais ta mijaurée.

— Michel…

— Tu gâches tout, tout le temps. Ta chance est passée. Tant pis pour toi. Allez, bonne nuit, puisque tu ne sais plus que te plaindre et dormir. »

7

Les mauvais génies

Les deux époux avaient le luxe de faire chambre à part, et même étage à part – Michel dormait au quatrième et Albane au cinquième. Son mari s'étant enfermé dans ses appartements, elle se prépara une verveine. Le balcon de sa chambre était assez grand pour qu'elle y dispose une chaise de jardin. Le temps était étonnamment doux dehors, et Albane s'abandonna à cette belle nuit favorable à la rêverie.

Au cours du dîner, Michel lui avait soutenu qu'il voulait son bien. Comment le croire ? Et encore, elle ne savait pas tout ce qu'il racontait dans son dos… Leur rencontre avait eu lieu au début des années 1990, quand avait déferlé la vague des *supermodels*, avec Linda Evangelista, Christy Turlington, Naomi Campbell, Cindy Crawford ou Claudia Schiffer. En janvier 1990, certaines d'entre elles avaient posé en « une » du *Vogue* britannique. Puis il y avait eu le cultissime défilé Versace à Milan et le clip de *Freedom ! '90* de George Michael, dont elles étaient les vedettes. La starification leur était tombée dessus, ainsi que les contrats fastueux. Linda Evangelista disait ne pas sortir de son lit pour moins de dix mille dollars par jour. Quant à Claudia Schiffer, égérie de Karl Lagerfeld chez Chanel, dotée du don d'ubiquité si l'on se fiait à sa présence sur toutes les couvertures de magazines, elle gagnait dix millions de dollars par an. Ces trajectoires mirobolantes, voire mirifiques, faisaient rêver les post-adolescentes. Miroir aux alouettes, dis-moi qui est la plus belle ?

Albane avait seize ans et deux demi-sœurs plus âgées : Céline et Marie, la mère d'Alexis. Petite, c'est de Marie, dont elle était la filleule, qu'elle avait été proche. Sa marraine allait parfois la chercher à l'école maternelle et lui offrait une gaufre au jardin du Luxembourg. Elle leur louait un petit voilier qu'elles faisaient naviguer dans le bassin près du Sénat. Le mercredi, Marie la prenait toute la journée chez elle, villa Vermeer, où elle lui apprenait à dessiner. Sa filleule était comme son premier enfant. Auprès d'elle, elle s'entraînait. Elle venait de convoler et rêvait d'être mère. Quand Albane avait atteint l'âge de raison, Marie avait eu un fils, Donatien, puis un autre, Philippe. Albane avait continué d'aller chez sa marraine, pour pouponner ses neveux. Ces bonnes années ne devaient pas durer. La filleule avait grandi. La naissance d'Alexis avait coïncidé avec son entrée en sixième. Au collège, elle avait connu ses premiers amoureux.

Elle avait senti sa marraine moins disponible. Elle n'en parlait pas, mais son mariage la minait. Albane n'avait jamais cerné ni aimé Dubois. Il l'avait éloignée de chez eux.

Par défaut, Albane avait de plus en plus vu Céline. Elle vivait avec un dénommé Jean-Yves Leblanc, un marlou qui gagnait sa croûte comme agent de mannequins. Né dans le XVIe au sein d'une famille très bourgeoise fourrée à l'Opéra tous les soirs, Jean-Yves en était le rejeton frivole et dépravé à qui l'on pardonnait chaque faux pas. Bronzé toute l'année, en mocassins Weston, jean et blazer à boutons dorés, lunettes de soleil sur le nez, il séduisait son monde – le carnet d'adresses de ce baratineur allait de Paris à Saint-Barthélemy. On le considérait comme un éternel adolescent qui n'avait jamais cessé de faire le mur et la bringue. Un « noceur », disaient ses parents, qui lui passaient tout. Lorsque leur feu follet de fils avait été interdit de séjour à Ibiza en raison d'affaires frauduleuses à la tête d'une boîte de nuit, ils l'avaient renfloué. Après ses déboires dans le monde des limonadiers, Jean-Yves s'était vu en nouveau John Casablancas, le fondateur d'Elite. Il avait monté lui aussi son agence. À lui la future Claudia Schiffer !

Et si c'était sa belle-sœur ? Il avait flashé sur la moue boudeuse d'Albane et s'était proposé de l'éduquer. Elle se souvenait de brunchs le dimanche dans les clubs de sport du bois de Boulogne, où Jean-Yves avait ses entrées. Au Polo, dont il était membre, sa faconde animait la table. On se doutait que tout chez lui n'était pas net, et que quelque chose clochait quand il tremblait à cause de la cocaïne, mais on lui accordait sa confiance au premier clin d'œil. Jean-Yves, volontiers paternaliste, appelait Albane sa « chouchoute » ; il avait juré de la prendre sous son aile et de la couvrir d'or. Pour lui prouver sa bonne foi, il lui avait fait faire quelques photos avec David Hamilton et Patrick Demarchelier. Elle fréquentait les Bains Douches avec une bande de jeunes filles en fleur et d'hommes plus défraîchis. Une nuit, fin 1991, Jean-Yves l'avait présentée à Michel Hugo, la trentaine, qui tenait salon derrière sa table habituelle. Il avait assis Albane à sa droite et, sa pipe dans une main, lui avait servi de l'autre la fin du magnum de champagne. Il l'avait dévisagée, reluquée, scannée – expertisée des pieds à la tête. Pas mal, la môme. Frimousse effrontée, jambes fuselées... Elle rougissait, ne savait que lui répondre, et lui feignait de lui trouver de l'esprit, en la bombardant déjà de flagorneries. Avait-elle des envies de cinéma ? Il cherchait une débutante pour un premier rôle...

Une copine d'Albane l'avait mise en garde. Ce Michel Hugo jouissait d'une réputation sulfureuse. Dans le milieu de la nuit, certains le surnommaient « Barbe-Bleue » : ce pervers avait déjà été fiancé à trois jeunes actrices qui avaient disparu de la circulation du jour au lendemain une fois qu'il avait rompu avec elles. Avec lui, les lunes de miel laissaient un goût amer – l'une de ses ex était retournée vivre chez ses parents à Rennes, où elle ne sortait plus de son lit, disait-on. Mais Michel était flamboyant aux Bains Douches, il savait vous emporter. Albane ne s'était pas fiée aux racontars et s'était jetée dans la gueule du loup. Un an et demi plus tard, elle était à l'affiche de *La Belle au bois dormant*.

Sa carrière aurait pu s'arrêter dès 1994. La mort de Marie l'avait jetée corps et âme dans le désespoir. Sa marraine s'était occupée d'elle mieux que sa mère. C'était elle qui l'avait emmenée au cinéma et au musée pour la première fois, elle qui l'avait consolée lors de sa première vraie rupture, en seconde – Albane ne se doutait pas que Marie traversait une épreuve bien pire, que Paul avait basculé dans la folie, qu'il la menacerait bientôt de mort et finirait par passer à l'acte. Elle avait tenu jusqu'à la messe en tout petit comité à Saint-Honoré-d'Eylau, puis à l'incinération lugubre au cimetière de Passy – ensuite, elle s'était effondrée.

La disparition de son ange gardien l'avait exposée aux deux hyènes. Avec leur air contrit pendant l'enterrement et leur fausse compassion durant toute cette sale période, Michel et Jean-Yves avaient tiré profit de l'état de faiblesse d'Albane, leur « protégée ». Puis leur ton avait changé. Ils l'avaient fustigée. Elle n'avait « plus que la peau sur les os ». Jean-Yves, qui l'avait tant incitée à être maigrissime, la trouvait dorénavant « squelettique ». Ces injonctions contradictoires avaient provoqué un court-circuit dans son esprit. Michel, expert en toutes choses ici-bas, avait posé sur son cas un diagnostic plus ferme : elle était anorexique, maladie risquant de la mener à la démence. Il était urgent d'intervenir pour la sauver d'elle-même. Michel et Jean-Yves avaient un ami commun, le docteur Fischer, qui dirigeait un pôle à Sainte-Anne. Fischer passait pour être un ponte quand il n'était qu'un apprenti sorcier. Les internes placés sous son autorité se plaignaient entre eux de ses coups de sang et des prises en charge musclées qu'il avait imposées sans raison à de très jeunes patients. Les neuroleptiques lui tenaient lieu de religion. Si les électrochocs n'étaient plus d'actualité, il perfusait les malheureux qui se succédaient sous ses mains de cocktails tout aussi nocifs.

Lors de son séjour à Sainte-Anne, Albane avait fait partie des cobayes de ce médecin enjôleur et sadique, complice des deux autres. Après le lavage de cerveau qu'on lui avait infligé, elle ne se souvenait que par bribes de son internement. Elle revoyait vaguement une valse de blouses blanches mal intentionnées…

Au bout de trois mois d'hospitalisation, Jean-Yves et Michel avaient exigé qu'Albane sorte de là. Ils étaient foncièrement lunatiques, mais ce revirement avait pour le coup une explication logique : Albane était leur créature ainsi qu'un gagne-pain. *La Belle au bois dormant* lui avait donné une valeur marchande, ils devaient presser le citron avant qu'elle n'atteigne la date de péremption. C'est alors que Michel avait écarté Jean-Yves de son joujou. Il avait mis Albane sur un tas de projets et l'avait épousée dès 1995, lors d'une réception à tout casser au Chalet des Îles. Toujours sous traitement, shootée, dépossédée de son libre arbitre, placide, pour ne pas dire soumise, Albane avait assisté aux décennies 1990, 2000 et même 2010 en simple spectatrice, sous hypnose. Elle ne comprenait pas les directives de Michel : il la poussait à être provocante dans ses films et la traquait dès qu'elle posait le pied dehors. Elle était placée sous haute surveillance ; il relisait ses interviews, demandait un droit de regard sur ses photos. Pion de la communication de son mari, Albane avait accepté n'importe quoi, comme de poser nue en « une » de *Paris Match*, enceinte de huit mois, quand elle attendait Léopoldine – une impudeur qui ne lui ressemblait pas.

Elle avait eu autant de mal à se réveiller que le personnage qui l'avait révélée. Certains ont la chance de voir de bonnes fées se pencher sur leur berceau. Dans cette loterie qu'est la vie, Albane n'avait pioché que des mauvais génies.

8

Gatsby le Maléfique

Au sein de la famille d'Albane, on ne soupçonnait pas les marécages interlopes dans lesquels trempait ce Janus de Jean-Yves. Son agence de mannequins tenait du village Potemkine. Quand des stars hollywoodiennes étaient à Paris, il était missionné pour leur trouver des jolies filles avec lesquelles passer la soirée, et plus si affinités. Il avait rabattu des gamines pour d'autres tout-puissants. Au début des années 1990, il avait scellé un pacte faustien : dans un restaurant de Miami, sa route avait croisé celle de Jeffrey Epstein.

L'entente avait été immédiate entre Jean-Yves Leblanc, le fanfaron des beaux quartiers de Paris, et Jeffrey Epstein, le satrape de l'Upper East Side. Que dire d'Epstein, ce Gatsby moderne, version maléfique du héros de Fitzgerald ? Il n'aimait que les moins de seize ans et avait appelé son avion privé le *Lolita Express*. Levé tous les jours dès

5 heures du matin, ce quasi-milliardaire ne serrait la main de personne par peur des microbes et prenait cinq douches quotidiennes. Il avait agrégé autour de sa personne une oligarchie faite de banquiers, d'hommes politiques, de vedettes de cinéma et de scientifiques. Frankenstein féru de transhumanisme, d'eugénisme et de paranormal, il avait un bureau à Harvard et finançait des recherches. Comme tous les actuels faux-monnayeurs de la morale, il présidait des fondations. Déverser des millions était un investissement pour blanchir sa réputation. Quant à ses loisirs érotiques, Epstein pouvait compter sur quelques affidés en charge de son sérail, dont son ex Ghislaine Maxwell, maquerelle jet-setteuse qui lui débusquait de la chair fraîche, telle la Pompadour avec Louis XV au temps du Parc-aux-Cerfs. Son harem n'aurait su tenir en un seul endroit. Il avait des lupanars sur deux continents, dont une *town house* à New York, une maison à Palm Beach, un ranch au Nouveau-Mexique, deux îles dans les Caraïbes, ainsi qu'une adresse rutilante à Paris : 22, avenue Foch – à deux cents mètres du parking où le premier et dernier patron de Michel Hugo, Gérard Lebovici, avait été assassiné.

Epstein avait aidé Jean-Yves à monter son agence, qui avait des succursales à Tel-Aviv et en Floride ; et il le logeait quand il venait à New York. Pendant trente ans, Jean-Yves lui avait déniché des proies, souvent originaires d'Europe de l'Est. Il leur faisait miroiter des concours de beauté et les envoyait jusqu'à l'île de Little Saint James. On estimait à plus de mille le nombre de filles dont il avait ainsi brisé les vies. Albane se souvenait de lui aux brunchs qu'il organisait au Polo, à la fête du tonnerre qu'il avait donnée pour ses cinquante ans au Chalet des Îles, adresse qu'il partageait avec Michel, comme d'autres travers. Ce discours qu'il avait prononcé, et sans antisèche ! Personne au monde n'avait plus de charisme. Comment imaginer qu'on était face au plus grand proxénète de sa génération ?

Même si Michel courait moins les nymphettes qu'avant, Jean-Yves lui avait présenté Epstein. L'amitié fraternelle entre Epstein et le producteur Harvey Weinstein, l'homme qui faisait et défaisait les Oscars, était une raison suffisante pour le fréquenter et fermer les yeux sur ses mœurs. Michel avait accompagné plusieurs fois Jean-Yves à New York et sur les îles caribéennes. Albane ignorait ce qui s'y était passé.

Chez Epstein, il y avait des soirées ; et, pour les initiés, des parties fines. Sous la pression de Michel, Albane avait dû se rendre à une réception avenue Foch. Elle avait perdu le fil de la fête… Lui avait-on fait gober un truc contre son gré ? Elle savait qu'Epstein prenait plaisir à étrangler ses partenaires pendant l'acte. D'autres ici devaient s'adonner à cette pratique. À une heure avancée de la nuit, alors qu'elle était au bord du malaise et cherchait à reprendre ses esprits, égarée dans un couloir, un homme patibulaire qu'elle n'avait pu identifier avait surgi dans son dos en l'attrapant par la taille et le cou. Albane s'était débattue et avait appelé à l'aide – pas de réponse. Où était Michel ? Elle avait fui seule ce guet-apens et atterri sans son manteau dans la rue, où une voiture folle avait failli l'écraser au moment où elle traversait en dehors du passage piéton. Vision hallucinée de ce quartier diabolique… L'avenue Foch, voilà un coin qu'Albane avait toujours parcouru la nuit avec appréhension. Elle était encore sous le choc, en pleine descente. Quels truands internationaux s'abritaient derrière ces luxueuses façades ? Quelles mauvaises rencontres allait-elle faire dans les jardins et les contre-allées ? C'était encore pire que la villa Vermeer, à vingt minutes à pied. Ici, personne ne vous entendrait crier. Le côté le plus obscur du XVIe. Le cœur d'Albane battait trop fort, comme s'il allait éclater. Elle ne savait plus comment elle était rentrée rue de Babylone. À son retour à la maison, au petit matin, Hugo l'avait réveillée pour la houspiller. Comment avait-elle osé partir sans lui ? Par la suite, son étau s'était encore resserré.

Epstein avait longtemps mangé son pain blanc, tissant un réseau tentaculaire aux connexions nébuleuses. Cette réussite n'avait pas apaisé cet ancien enfant d'une modeste famille de Brooklyn. Paranoïaque, le criminel cosmopolite dormait avec une arme à feu sous son oreiller. Ses invités, eux, étaient filmés par des caméras cachées. Un moyen de mieux les tenir, ensuite ? À cause de ses faux passeports, on le disait enfin agent secret… Ce scénario que Hugo aurait pu faire écrire s'était interrompu brutalement le 6 juillet 2019 quand Epstein avait été menotté par le FBI à l'aéroport en revenant de Paris. On l'avait coffré au Metropolitan Correctional Center, le Guantánamo de New York, infesté de rats et de cafards – insupportable pour l'opulent psychopathe, maniaque de la propreté. Epstein n'avait pas résisté longtemps : le 10 août, il était déjà mort. Suicidé ? Liquidé ? Cet homme en savait trop…

Pour Jean-Yves, son âme damnée, les carottes étaient cuites. Il avait été arrêté à son tour, lui aussi dans un aéroport, alors qu'il s'apprêtait à embarquer pour le Nigeria. De même qu'Epstein se comparait à « un simple voleur de bagels », Jean-Yves avait clamé son innocence. En 2022, on l'avait découvert pendu dans sa cellule de la prison de la Santé.

Cela avait été la goutte d'eau pour Albane. Pourquoi la fatalité s'acharnait-elle sur sa famille ? De 1994 à 2022, de Marie à Céline, ses deux sœurs avaient été servies. Elle n'avait plus qu'une trouille : que tout cela se sache. Jusqu'à présent, personne n'avait fait le rapprochement entre un fait divers oublié et l'un des plus gros scandales sexuels du siècle. Coulommes, Dubois, Blanzac, Leblanc : la multiplicité des noms effaçait les pistes… On savait que Jean-Yves avait été le beau-frère d'Albane, il y avait eu des papiers sur la proximité entre Hugo et Jean-Yves, mais personne n'avait retrouvé la pièce manquante du puzzle, l'affaire Dubois… Que fichaient les fins limiers de la presse ? Cette saga aurait dû donner lieu à une série d'été macabre dans *Le Monde*, que chacun aurait relayée pour se distraire, en pleine monotonie de vacances décevantes…

Albane n'avait pas été victime à proprement parler de son ex-beau-frère. En la livrant à Michel plutôt qu'à Epstein, Jean-Yves lui avait évité les horreurs ourdies à Little Saint James. Elle refusait de voir la réalité, mais ne pouvait nier qu'elle devait son Oscar de la meilleure actrice à la bande de Weinstein, le double d'Epstein, qui était de toutes les projections privées du producteur prédateur. Le showbiz vous menait droit au cœur des ténèbres. Albane n'y avait pas cru quand, alors que *Vie et Mort de Marie-Antoinette* commençait à prendre à Cannes, Michel avait ferré les Américains en goguette sur la Croisette en organisant pour eux ces soirées coquines qui auraient comblé jusqu'à Caligula. Avaient suivi magouilles et pots-de-vin. Albane savait que ce n'était pas pour ses beaux yeux de petite Française qu'on lui avait remis une statuette dorée. Sa minute de gloire cachait de nombreuses infamies. Elle n'avait pas la naïveté de penser qu'il puisse en être autrement dans une industrie faisant commerce du glamour.

À qui parler de tout cela, et du meurtre de Marie ? Ses parents étaient morts, et elle était brouillée avec son autre sœur, Céline, qui avait toujours pris la défense de Jean-Yves, même après leur séparation. Un peu écervelée, ne s'étant jamais sortie de la cocaïne dans laquelle Jean-Yves l'avait plongée, Céline était du genre à hurler – et Albane ne mettait pas le doigt dans l'engrenage. Lors de leur ultime explication téléphonique à sens unique, l'aînée avait traité la cadette de « petite fille gâtée ». Albane avait raccroché.

Tous ces flashes se bousculaient dans sa tête. Elle aurait dû être engloutie dans ce maelström, elle avait tenu le coup, et elle se trouvait là à boire à petites gorgées la fin de sa verveine, sur son balcon qui dominait la rue de Babylone. Cette nuit de printemps était belle, l'été arrivait à grands pas, il y avait pire situation…

Elle avait souvent repensé à *L'Envers de l'époque*, la pièce d'Ivan qu'elle avait vue au théâtre Édouard-VII. Dans son travail de dramaturge, il cherchait la vérité derrière les apparences – ces apparences qui étaient tout pour Marie, et qui avaient fini par la tuer. On sentait chez cet Ivan une angoisse existentielle. Elle n'avait pas voulu le dire tout de suite à Michel, pour qu'il ne pense pas qu'elle lui obéissait, mais elle recevrait Ivan, elle l'avait décidé. Que ce garçon talentueux s'intéresse à elle l'intriguait. Il serait assurément un interlocuteur valable – ça la changerait. Elle n'avait plus envisagé un rendez-vous avec une telle curiosité depuis longtemps.

9

Le spleen du XVIe

Au fond, Ivan n'aimait que les tombeaux. Cet homme anxieux avait presque toujours vécu square Pétrarque. Ses parents habitaient là quand il était enfant et, dès que ses pièces de théâtre avaient commencé à très bien marcher, il y avait acheté à son tour un appartement. La belle entrée Art déco du cimetière de Passy, où reposait Alexis, se trouvait à deux cents mètres de chez lui. Les jours de page blanche, Ivan allait se recueillir sur la tombe de son ami puis sur celle de ses grands-parents Kamenov, sise à côté de celle du peintre Manet. Restait-il une place dans le caveau de famille mangé par la mousse ? Il ne lui aurait pas été désagréable de s'y allonger. Son cœur battant toujours, le croque-mort continuait sa promenade sous les châtaigniers, allait revoir d'autres sépultures de grand style – celles de Natalie Clifford Barney, Mallet-Stevens, Anna Gould, Octave Mirbeau, Debussy, Las Cases, Bảo

Đại… Entre l'auteur du *Mémorial de Sainte-Hélène* et le dernier empereur du Vietnam mort au Val-de-Grâce, Ivan se sentait lui-même en exil, hors du temps, dans une réalité parallèle, comme sous éther. Cela lui faisait à la fois du bien et du mal. La tête toujours ailleurs, dans ses pensées, il finissait par quitter les travées vides du cimetière de Passy et remontait la silencieuse avenue Paul-Doumer, que l'onirique dessinateur Pierre Le-Tan, fils du vice-roi du Tonkin, tenait pour la plus déprimante de Paris.

En face du square Pétrarque, qui donnait rue Scheffer, on trouvait un restaurant tout bêtement appelé Le Scheffer. La décoration y était antédiluvienne ; les serveurs, essorés, revenaient de la guerre de Crimée ; la carte, plus récente, n'avait pas dû changer depuis au moins 1978. On croisait parfois Guy Cuevas seul à une table. Le mythique disc-jockey cubain du Palace était aveugle, ruiné et lâché par tous ses anciens compagnons de soirée. Après le café, il regagnait la sortie en s'aidant d'une canne blanche. N'ayant rien contre la gastronomie giscardienne, Ivan allait souvent lui aussi y déjeuner en solo.

C'est là, après les rognons et la part de charlotte au chocolat, qu'il envoya un message au numéro que lui avait donné Hugo. Il se recommandait de lui, se présentait succinctement, et disait à Albane Blanzac qu'elle pouvait le rappeler quand cela lui conviendrait afin qu'ils prennent date pour faire connaissance.

À la fin de son repas, le ventre noué par l'enjeu de ce texto, Ivan se rendit jusqu'à la villa Vermeer. Il attendit que quelqu'un en sorte pour pouvoir s'y infiltrer, comme un détective privé.

Au bout de l'allée, la belle demeure anglo-normande des Dubois était toujours là. Les propriétaires avaient juste enlevé la vigne vierge. Les murs semblaient morts, du coup. Qui pouvait habiter cette maison hantée ? On avait l'impression de faire l'école buissonnière quand on venait là le mercredi. Il ne manquait que quelques mouettes pour se croire au bord de la mer. Ivan ferma les yeux, et il eut neuf ans à nouveau…

Alexis lui montrait *Le Livre Guinness des records 1993*, qu'il avait reçu pour Noël. Une photo pleine page de Claudia Schiffer le rendait fou. Elle avait les cheveux bouclés et un décolleté que les mères des deux garçons ne se seraient pas permis. Alexis avait rebaptisé la rue Scheffer « rue Schiffer ». Les deux amis étaient tombés amoureux d'elle – mais qui n'était pas amoureux de Claudia Schiffer, en 1993 ?

Passionné de tennis, Paul Dubois avait voulu y initier ses fils. Le samedi, avec Alexis et un sac contenant deux raquettes d'avance (cognant comme un sourd, il cassait souvent son cordage), Paul passait chercher Ivan – la villa Vermeer, la rue Louis-David et le square Pétrarque, tout cela tenait dans un petit hectare. Ils prenaient le métro au Trocadéro jusqu'à la station Porte-de-Saint-Cloud. Un monde gris et menaçant les attendait à la sortie : le périphérique, le tapage du Parc des Princes les soirs de foot, les deux fontaines monumentales de Paul Landowski sur le rond-point, les immeubles modernes et l'église romano-byzantine Sainte-Jeanne-de-Chantal, qui ressemblait plus à un bunker qu'à un lieu de culte. Paul et les garçons prenaient le boulevard Murat jusqu'au Tennis Club du XVIe, guère plus riant. Sur la terre battue, Paul voyait rouge : il n'était pas long à hurler sur les débutants, qui ne frappaient jamais assez fort à son goût. L'hiver, il n'y avait pas relâche, car le club comptait des courts couverts. Après leur séance d'entraînement, il faisait nuit noire porte de Saint-Cloud. Plus tard au cours de sa vie, Ivan était allé voir quelques matches de Ligue des champions au Parc des Princes. Il avait ensuite pris des verres avec ses copains du moment dans ce bar un peu glauque où éclusent les supporters : Aux Trois Obus. Dès la deuxième pinte, il se noyait immanquablement dans ses souvenirs – d'abord les cours de tennis prodigués par le père d'Alexis, puis le salon de la villa Vermeer, la chambre d'Alexis avec *Le Livre Guinness des records 1993* sur sa table de nuit, et enfin le drame.

Tout s'était déréglé en 1994, et Ivan n'avait jamais compris ce qu'il y avait alors dans l'air. Kurt Cobain avait lancé les hostilités à Seattle le 5 avril, en se tirant une balle dans la tête à l'aide d'un fusil de chasse. Deux jours plus tard, enfermé dans son bureau de l'Élysée, l'élégant François de Grossouvre l'avait imité avec un revolver. Le 30 novembre enfin, Guy Debord avait également retourné contre lui une arme à feu. Dans la nécropole imaginaire d'Ivan étaient réunies les tombes du dernier vrai rockeur, du conseiller de l'ombre du président Mitterrand et du théoricien situationniste.

Un autre décès brutal les avait marqués en direct, Alexis et lui. Le 1er mai 1994, le pilote brésilien Ayrton Senna s'était crashé au volant de sa Williams-Renault dans le virage de Tamburello, sur le circuit Enzo e Dino Ferrari, à Imola, en Émilie-Romagne – cette énumération poétique n'avait pas adouci le choc, et on avait constaté la mort de Senna à son arrivée à l'hôpital Bellaria, à Bologne. Ivan et Alexis étaient à cet âge où l'on rêve de voitures et d'avions, où l'on s'imagine gagner le Paris-Dakar et relancer l'Aéropostale. Alexis adorait Ayrton Senna, il avait sur le mur de sa chambre un poster représentant le triple champion du monde à bord de la McLaren de ses meilleures années. Ivan n'avait pas oublié la mine désolée de son ami au milieu de la cour de récréation, le lundi suivant la mort de son pilote favori. Dans son tablier bleu marine, ses cheveux châtains blondis par la lumière, souriant malgré sa tristesse : voilà la dernière image précise qu'Ivan garderait de son camarade. Il avait essayé de lui remonter le moral. Un beau soleil surplombait l'école ce jour-là. Le ciel bleu, la chaleur tempérée par un léger vent qui vous caressait le visage – cet air de station balnéaire qu'on trouvait aussi villa Vermeer. Avec ses jours fériés et le week-end de l'Ascension qui se profilait, le mois de mai ressemblait à un toboggan vous précipitant vers juin et la fin de l'année scolaire. Tout irait bien. Il ne restait à Alexis qu'une quinzaine de jours à vivre.

Ivan se revoyait parfaitement à cet âge-là, à ce moment-là… Le samedi 14 mai 1994, quatre jours avant que tout ne parte en vrille, il avait été non plus enfant d'honneur mais enfant de chœur au mariage d'une de ses tantes paternelles, au Pays basque. Les Kamenov possédaient une propriété sur les hauteurs de Saint-Jean-de-Luz. Leur jardin n'étant pas assez grand pour y installer une tente, ils avaient loué le château d'Arcangues pour la réception. Il avait fait un temps de chien, enfin un temps basque, des trombes d'eau tout l'après-midi puis des averses jusque dans la soirée. Pour occuper les enfants lors du dîner à rallonge des adultes, on les avait plantés devant un match de foot, la finale de la Coupe de France – Auxerre avait écrabouillé Montpellier trois buts à zéro. Avant le coup d'envoi, les traits tirés et le teint cireux, Mitterrand avait salué les joueurs l'un après l'autre avec un sourire pincé, affectant un semblant de cordialité incompatible avec son air dédaigneux. Il était rongé par son cancer, et sans doute par la douleur encore vive du suicide de Grossouvre – un mois plus tôt, dans la grisaille de l'Allier, le Président malade était allé assister aux obsèques de son ami en l'église Saint-Pierre de Moulins, puis à son inhumation sous les giboulées au petit cimetière de Lusigny. Ivan ne le savait pas, en regardant Mitterrand fouler le gazon du Parc des Princes : le Président était en deuil, comme lui très bientôt. Le mercredi suivant, le père Dubois anéantirait sa propre famille.

Le jeudi ou le vendredi matin, la directrice de Loyola avait réuni sous le préau tous les élèves de CE2 pour leur annoncer qu'il s'était passé « quelque chose de très grave » et qu'ils ne reverraient pas leur ami Alexis. Elle les avait invités à prier pour lui – enseignement catholique oblige. Puis plus rien. Aucun psychologue n'était venu dans les classes juger de l'état de forme des camarades d'Alexis. Circulez, il n'y a rien à voir. À la sortie de l'école, les mères de famille discutaient à voix basse, ou plutôt bouches cousues, se taisant dès qu'un enfant s'approchait. Ivan avait surpris l'une d'elles évoquant « un moment d'égarement ». La pudeur confinait à l'amnésie volontaire. De cette horrible histoire, on ne voulait pas entendre reparler. Risquait-on la contamination ? Même dans leur caste, ce genre de boucherie était donc possible. Il avait été jugé à la fois plus convenable et plus sage d'enterrer les cadavres. La parenthèse des grandes vacances s'ouvrait au bon moment. Qu'on envoie tout ce beau monde s'ébattre sur les plages de l'île de Ré ! À la rentrée suivante, en septembre, on aurait dit que plus personne ne se souvenait des Dubois.

Au milieu de la salle de classe, la chaise vide d'Alexis était comme un cri – un cri qu'on n'entendait pas, mais qui traversait la moelle épinière des élèves. Ivan n'avait pas les nerfs à vif. Dans son milieu, on avait élevé le flegme au rang de dogme. On enseignait très tôt cette discipline, comme le solfège et la tenue à table. Ne voulant pas choquer, Ivan avait rangé son traumatisme dans la cave de sa mémoire.

Il pouvait à tout moment l'en ressortir. 1994 demeurait pour lui l'année décisive. Il était subjugué par le suicide de Grossouvre et avait été étonné par cette coïncidence : le conseiller mélancolique de Mitterrand avait fréquenté le collège Loyola soixante ans avant Alexis et lui – on ne pouvait pas en dire autant de Kurt Cobain. Deux autres dates avaient inauguré puis clôturé la séquence 1994. Le 1er mai 1993, un mois après son départ de Matignon consécutif à la correction reçue par la gauche aux élections législatives, Pierre Bérégovoy roulait avec son chauffeur dans la Nièvre. Ayant subtilisé l'arme de son garde du corps dans la boîte à gants de la Renault 25, le Premier ministre avait demandé à se promener seul sur le chemin de halage d'un canal. Là, il s'était tiré une balle dans la tête – avec le même modèle de revolver que Grossouvre. Ivan se rappelait que son père, qui avait appris la nouvelle à la radio en se rasant le lendemain matin, avait surgi dans sa chambre en bas de pyjama, de la mousse sur les joues, pour la lui annoncer. Le 31 août 1997, Lady Di s'était tuée en voiture dans le tunnel sous le pont de l'Alma – voulant accélérer pour fuir les paparazzis, son chauffeur Henri Paul, ivre et sous antidépresseurs, avait imité Ayrton Senna sur le circuit Enzo e Dino

Ferrari d'Imola. Toute l'enfance d'Ivan tenait dans ces quelques souvenirs allant de ses huit à ses douze ans, avec une tension particulière en 1994. L'assassinat de son ami le plus proche par son propre père. La détresse de tous ces gens de pouvoir. Le spleen d'une princesse anglaise qui ressemblait à la mère d'Alexis avec son brushing bouffant. Cela l'avait ouvert de bonne heure au versant sombre de l'existence.

Un point déconcertait Ivan : le désintérêt des médias pour l'affaire Dubois. Pourquoi n'en avaient-ils pas fait leurs choux gras ? Les meurtres d'une femme et de deux enfants, doublés d'un suicide raté, le tout dans les beaux quartiers, il y avait de quoi ravir les esprits charognards. Dix-sept ans après, en 2011, un traitement bien différent avait été réservé à l'affaire Dupont de Ligonnès – alors que Ligonnès était un aristo versaillais et que son profil rappelait à certains égards celui de Dubois, à cette différence près que lui s'était volatilisé après avoir tué sa femme et leurs quatre enfants dans leur maison à Nantes… Pourquoi certains événements similaires marquent-ils l'inconscient collectif quand d'autres se perdent dans un trou noir ?

Quand il marchait rue Scheffer, Ivan ne pouvait pas rater la grille de la villa Vermeer. Des frissons le saisissaient parfois. Puis il arrivait au croisement avec la rue Louis-David. À l'heure de la sortie des classes, il tombait sur des élèves de CE2 et sur leurs parents, dont certains avaient son âge – l'âge de Dubois en 1994.

Trente ans après les faits, Ivan avait-il enfin atteint le moment de sa vie où il pouvait guérir de cette blessure ? Lors de la parution des *Ruskofs*, un copain éditeur auquel il s'était confié sur ce cauchemar lui avait proposé un contrat pour écrire *Villa Vermeer* – au choix, un récit de cent pages, à l'os, où il aurait tout raconté de l'année 1994, ou une enquête plus longue où il aurait retrouvé les témoins, interrogé la famille proche comme la nurse anglaise, si elle n'était pas déjà morte. Mais tout écrivain cache en lui au moins un livre interdit, et pour Ivan un tel texte était tabou. Et si c'était Albane Blanzac qui pouvait l'aider à y voir plus clair ? Lui permettrait-elle d'élucider la grande affaire de son enfance ?

Il pensait à elle quand son téléphone vibra : elle lui avait répondu. Si cela lui convenait, il pouvait venir la voir le lendemain matin, vers 10 heures, rue de Babylone.

10

Baby alone in Babylone

Michel n'était pas là quand Ivan sonna. Un majordome en gants blancs lui ouvrit, le mena au salon et lui demanda ce qu'il voulait boire en attendant madame Hugo. Une infusion au gingembre, la boisson du maître de maison ? Parfait !

Albane arriva dix minutes plus tard, ayant reconduit à la porte sa professeure de yoga. Après lui avoir serré la main, Ivan chercha dans ses traits un air de ressemblance avec la mère d'Alexis.

« Ah, vous buvez comme Michel ?

— Pas tous les jours… Votre mari est absent ?

— Oui. Nous nous voyons assez peu, vous savez. Il vit ici au quatrième et j'ai ma chambre au cinquième.

— Ah bon ?

— Cela vous étonne ? Nous n'avons plus quinze ans… »

Ivan se souvint que, dès le début de leur mariage, Antoine de Saint-Exupéry et son épouse Consuelo avaient chacun leur étage dans leur grand appartement de la place Vauban, face à Saint-Louis-des-Invalides. On peut écrire *Le Petit Prince* et ne penser qu'à courir le guilledou – l'auteur de *Vol de nuit* était des plus volages. Quand les infidélités et les crises se multiplient, une séparation de corps par un escalier intérieur est parfois nécessaire à la paix des ménages. Encore faut-il en avoir les moyens.

« À quoi pensez-vous ?

— Votre remarque m'amuse, sur le fait que vous n'êtes plus une ado.

— Michel me fait régulièrement remarquer que j'aurai bientôt cinquante ans !

— Vous êtes ensemble depuis plus de trente ans, une longévité exceptionnelle dans nos milieux. Comment l'aviez-vous rencontré ?

— Il me faudrait deux heures…

— J'ai tout mon temps.

— Au début des années 1990, il y a eu l'essor des mannequins stars à la Claudia Schiffer – mais ça ne doit rien vous dire, vous étiez encore petit à ce moment-là…

— Je vous arrête tout de suite : sachez que j'adorais Claudia Schiffer !

— Alors, je vais vous raconter. »

Albane déroula à Ivan une version très édulcorée de sa jeunesse. Pas un mot sur Jean-Yves Leblanc ou son séjour à Sainte-Anne. Même en mentant par omission, elle était spirituelle. Considérait-elle sa rencontre avec Ivan comme une interview ? Elle avait perdu l'habitude de l'exercice. Ivan nota qu'elle était plus libre quand ils étaient seuls et qu'elle pratiquait la langue de bois dès que le majordome trouvait un prétexte pour les déranger. Monsieur n'avait besoin de rien ? Il n'y avait plus que dans le showbiz droit-de-l'hommiste qu'exerçait une domesticité aussi bien dressée. Ivan s'était vite méfié de ce loufiat sophistiqué à la tête de fouine et à l'air faux derche. Il laissait traîner ses oreilles. Qui était-il exactement ? Un espion à la solde de Hugo ?

Le sourire d'Albane rappelait un peu celui de sa sœur Marie. À ses débuts au cinéma, à cause de sa voix grave et de son air aristocratique, on la comparait à la Lauren Bacall du *Port de l'angoisse*, du *Grand Sommeil* ou des *Passagers de la nuit*. Ni femme fatale ni fille d'à côté, un garçon manqué avec de longues cannes et un charme fou. Approchant du demi-siècle, elle rappelait maintenant la Bacall du *Crime de l'Orient-Express*, la version de 1974. Sous ses cheveux blond cendré, elle avait gardé sa ligne et son côté mutin, presque je-m'en-foutiste.

« Vous êtes sûr que vous ne voulez pas une autre tasse de cette imbuvable infusion au gingembre ? »

Elle parla à voix basse en désignant d'un coup de tête le majordome

« Je vous remercie. Je ne voudrais pas développer une addiction... J'aurais aimé parler avec vous de cinéma. Vous pensez avoir fait le tour de la question ? Pourquoi, sinon, avoir cessé de tourner ?

— Vous connaissez le discours dominant : les actrices de plus de quarante ans se plaignent qu'on ne leur propose plus de rôles. Je pense tout l'inverse. À mon avis, il est indigne d'être comédienne après quarante ans. Limite d'âge que l'on pourrait abaisser à trente ans, voire à vingt – au fond, on ne devrait jamais faire de cinéma.

— C'est un point de vue.

— L'invisibilité de mes consœurs quadragénaires provient souvent d'une injection de botox ratée. Celles chez qui ça a réussi continuent de tenir le haut du pavé, même si elles ressemblent à des robots. Les filles qui courent chez les chirurgiens esthétiques devraient plutôt se trouver un bon exorciste. Avez-vous déjà entendu parler de celui du diocèse de Paris ? Il est très compétent. Je vous le recommande. »

Le téléphone fixe sonna. Le majordome répondit et vint trouver Albane Blanzac.

« Madame, c'est votre fille. »

La comédienne se tourna vers Ivan.

« Ah, j'avais éteint mon portable pour être tranquille avec vous. Je réponds rapidement à Léopoldine, pardon, je reviens… »

Ivan ne s'attendait pas à tomber sur une aussi drôle de dame. Hugo lui avait vendu une enquiquineuse névrosée, une Emma Bovary du Ritz, et en vérité la Blanzac pétillait. À son retour dans le salon, un bon quart d'heure plus tard, elle était plus soucieuse.

« Désolée, c'était ma fille, vingt-trois ans... Elle fait des études en Angleterre. Elle est très de son époque, elle m'en veut pour pas mal de choses, ce n'est pas simple... Enfin. Où en étions-nous ?

— Je vous demandais pourquoi vous ne tournez plus ?

— Pourquoi perdrais-je mon temps, sans blague ? Vous croyez qu'Hitchcock va m'appeler ? »

Il y avait peu de risques, en effet : le réalisateur de *Psychose* était mort en 1980. Notons qu'Hitchcock était aussi l'auteur du film *Une femme disparaît*, titre qui seyait bien à Albane Blanzac depuis sept ans qu'elle se tenait loin des écrans.

« La nullité abyssale des cinéastes actuels n'est pas la seule cause de mon retrait. Il y a tout cet écosystème autour... Trop hypocrite. Ce n'est pas que j'aie une passion particulière pour le shampoing, je ne suis pas sous contrat avec L'Oréal, mais je ne me vois pas jouer une assistante sociale aux cheveux gras alors que je vis rue de Babylone. Quand ils ne sont pas en vacances en Corse, mes voisins de Saint-Germain-des-Prés ne jurent que par les rôles de composition misérabilistes, la condition ouvrière – je ne partage pas leur dilection pour le bleu de travail. »

Elle cita le cas d'une Française qui faisait fureur à Hollywood. Sur les plateaux de télévision, elle parlait avec force trémolos des migrants et nous alertait en tremblant sur l'état de la planète ; dans le milieu, on savait qu'elle était odieuse avec le petit personnel et raffolait des jets privés, son péché mignon. À la dernière cérémonie des Oscars, elle s'était présentée dans un tailleur-pantalon confectionné par Louis Vuitton.

« Je ne veux plus prendre part à cette société falsifiée. »

Elle tendit le cou en direction de la porte du salon, semblant vérifier que la majordome ne rôdait pas.

« C'est pour ça que je ne donne plus non plus d'interview. Je serais coincée. Ou je dirais ce qu'on attend, et je me sentirais stupide ; ou je dirais ce que je pense, et je me grillerais. Pendant longtemps, j'ai dit ce qu'on me demandait de dire pour assurer la promotion des films produits par Michel. J'essayais de mettre un peu de fantaisie, mais ça ne me satisfaisait pas... Mieux vaut se taire et se couper du monde. »

Albane parla de mille autres choses, en prenant soin d'éviter le projet de Hugo d'une pièce au théâtre Mélusine. Pour une neurasthénique, elle avait de l'entrain.

« Je suis heureux de voir que vous allez mieux.

— C'est-à-dire ?

— Michel m'a assuré que vous n'aviez pas du tout le moral, il s'inquiète pour vous...

— Je ne me suis jamais sentie aussi bien !

— Jouer ne vous manque vraiment pas ?

— J'ai interprété Jeanne d'Arc et Marie-Antoinette. Que faire après ça ? Une suffragette ? Une femme d'action ? Une chômeuse *puissante* ? Je ne sais pas, moi... Que me conseilleriez-vous ? Il paraît que vous avez vu tous les films où j'apparais.

— Je suis en effet un spécialiste de votre filmographie ! Je pourrais lui consacrer une thèse !

— Alors, quel est mon prochain rôle marquant, selon vous ? Une vamp vintage ou une fermière en colère ?

— Seconde option si vous voulez un nouvel Oscar. Sur un tracteur, personne ne pourra vous arrêter. Vous crèverez l'écran. »

Albane expliqua à Ivan qu'il ne lui aurait pas déplu de s'essayer au théâtre, mais sans monter sur les planches, plutôt comme metteuse en scène. Elle relisait pas mal Shakespeare et nourrissait une obsession pour *Othello*, qu'elle avait retraduit. Une adaptation audacieuse de ce classique, voilà qui pourrait être un beau défi. Elle avait en outre une idée de livre depuis longtemps, mais elle ne savait pas comment en parler et risquerait de s'attirer trop d'ennemis si elle le publiait tel qu'elle l'imaginait... Ivan sentit qu'il y avait là un mystère et qu'il n'en saurait pas plus pour l'heure.

Albane regarda sa montre. Allait-elle le congédier ? Ivan devait lui poser la question qui lui importait.

« Puis-je vous faire une révélation ?

— Essayez toujours.

— Il y a quinze ans, je vous avais écrit une pièce.

— Ah bon ? Je m'en souviendrais…

— Je vous l'avais adressée rue Lauriston.

— Je ne l'ai jamais eue entre les mains… On m'envoyait beaucoup de propositions, alors. Michel les regardait avant de me les soumettre.

— Je vous avais aussi écrit une lettre.

— Une lettre ? Pour quelle raison ?

— Oh, une simple lettre de fan, sur vos films… Vous ne l'aviez pas reçue non plus ? »

Ivan comprit à son silence que Hugo ne faisait pas que trier les scénarios et autres projets de son épouse. Il filtrait son courrier. À l'époque, il ne calculait pas Ivan et avait dû jeter ses enveloppes sans y prêter attention.

« On papote, on papote, et il est déjà midi et demi… J'avais prévu d'aller déjeuner seule au Lutetia. Voulez-vous m'accompagner ?

— Avec joie. »

Sur le portemanteau de l'entrée, Albane saisit un trench et un chapeau – demeurant célèbre, elle veillait à se cacher un minimum quand elle sortait. Alors qu'elle fermait la porte derrière elle, elle se tourna vers Ivan.

« Puis-je me permettre à mon tour une question qui fâche ? C'est par rapport à mon prochain Oscar.

— Allez-y.

— Prendre une sole meunière au Lutetia, est-ce que c'est de gauche ? »

11

Bavardages à la Muette

On connaît le proverbe : ce qui se passe au Lutetia reste au Lutetia. Avec la discrétion qui nous caractérise, nous ne rapporterons pas la discussion palpitante qu'eurent Albane et Ivan au cours de leur déjeuner. Disons juste que le dramaturge en panne d'inspiration fut troublé par l'enchaînement du tac au tac de leurs répliques, la fluidité de leur conversation, et sa durée – à 16 heures, ils y étaient encore. Ivan était bien conscient qu'un tel propos semblait tenir de la déraison, mais il avait l'impression qu'il s'était passé *quelque chose*.

Une semaine plus tard, il devait dîner avec sa tante Catherine, la sœur aînée de son père – celle qui, au vu de son âge, lui avait prédit encore deux ou trois divorces. Malgré sa voix de rogomme et des trous de cigarette dans certaines de ses vestes autrichiennes (son *basique*), cette diseuse de bonne aventure avait beaucoup de chic. Elle avait fait carrière comme chasseuse de têtes et aimait inviter ses neveux, auxquels elle servait de confidente – sa reconversion pour occuper les heures creuses de la retraite. À voile et à vapeur, cette célibataire n'avait plus personne depuis longtemps. Elle s'était mariée une fois avec un homme – un feu de paille. Il paraît que, du temps qu'elle était jeune, elle affirmait que les filles resteraient pour elle des histoires d'un soir et qu'elle se trouverait un type pour la vie ; la suite avait montré que les nuits peuvent s'étirer indéfiniment et l'éternité se révéler éphémère.

Tante Catherine vivait rue Maspero, à deux pas du Ranelagh, dans un immeuble ayant appartenu avant-guerre à Jean Gabin. Elle prenait invariablement ses repas à La Rotonde de la Muette ou à La Gare, l'ancienne station désaffectée de la Petite Ceinture recyclée en restaurant. Les Kamenov avaient un lien avec ce lieu. En 1896, pour consolider l'alliance franco-russe, Nicolas II était venu à Paris en train depuis Cherbourg. Il était prévu qu'il descende à la gare de Passy-la-Muette. Un pavillon-débarcadère temporaire avait été aménagé pour accueillir le tsar, qu'accompagnait pour ce voyage diplomatique son cousin le prince Kamenov. La tante Catherine exposait dans son salon une photo sépia représentant le tsar, le président Félix Faure et leur ancêtre, hilare. Plus d'un siècle plus tard, ses descendants traînaient toujours dans le quartier.

Ce soir-là, la tante voyante avait choisi La Rotonde de la Muette. Quand Ivan arriva, elle était assise en terrasse à siffler un whisky.

« C'est du seize ans d'âge : un peu jeune, quand même. »

Ivan connaissant son humour parfois douteux, il ne réagit pas.

« Comment ça va, mon petit pédoque ? Ça boume ?

— Et vous ? En forme ?

— Oh, à mon âge, on attend la fin… Ça n'a que trop duré. Il ne faut pas se laisser abattre pour autant. Tu sais que j'ai fait un nouvel investissement immobilier ?

— Vous allez déménager ?

— Bientôt, oui : j'ai acheté une concession au cimetière de Passy.

— Il n'y a plus de place dans notre caveau ?

— Plus une seule ! Une véritable auberge espagnole. J'ai dû chercher ailleurs. C'est très reposant de s'installer dans une tombe : inutile de mettre aux normes l'électricité et la plomberie – on se borne au strict nécessaire. Je serai à côté de Renée Vivien. Tu connais ?

— Jamais entendu parler.

— Une poétesse potable, pourtant, tombée dans l'oubli… Ce voisinage sera agréable. »

À l'époque où Ivan allait à La Rotonde de la Muette avec sa grand-mère, au début des années 1990, ce personnage d'opérette donnait aux serveurs de généreux pourboires : un billet de cinq cents francs, celui avec Pascal et, derrière lui, l'abbaye de Port-Royal – un choix d'illustration très étrange, quand on y repense. En France, il n'y avait pas que la monnaie qui avait changé. Les cartes des brasseries avaient tout aussi bizarrement évolué. La grand-mère d'Ivan avait été bien avisée de décamper. Sa tante Catherine semblait toujours un peu perdue devant les plats snackés accompagnés de quinoa. Elle ne partageait pas le régime de Hugo. Sans avoir pris le temps de regarder le menu du jour, elle fit signe au garçon, qu'elle appelait par son prénom.

« J'ai faim, Carlo… Fais-moi préparer un foie de veau à ma façon. Avec des frites. Pareil pour monsieur. Et pour ce qui est du pinard, une bouteille de pommard. »

La salve suivante était pour Ivan.

« Parlons de choses tordantes : quand est-ce que tu te remaries ?

— Pas tout de suite.

— On attend tous ton deuxième divorce !

— Qui englobez-vous dans le *tous* ?

— Toute la famille. On s'ennuie tellement… Ça créera un peu d'animation.

— Si ça peut vous divertir, sachez que j'ai rencontré quelqu'un.

— Et c'est du sérieux ?

— Oui et non. En tout cas, c'est platonique.

— Il paraît que les jeunes ne font plus du tout l'amour – j'ai lu des articles sur ce sujet. Pas étonnant que ta femme soit partie. De mon temps, on couchait un max !

— C'est ce qu'on dit, en effet.

— Quel âge a-t-elle ?

— Dix ans de plus que moi.

— Parfait ! C'est ce qu'il te faut.

— Vous croyez ?

— Tu as perdu assez de temps avec les pimbêches de ton âge… Une quinquagénaire te fera du bien. De toute façon, tu n'as pas le choix. C'est mathématique. Si tu te mets avec une gamine, elle finira par porter plainte contre toi. Et tu t'imagines la panique avec une trentenaire ou, pire encore, une jeune quadragénaire flippée de ne pas avoir d'enfant et exigeant que tu lui en donnes un ? Trop de nuits blanches en perspective. Une quinqua dynamique, ce sera le paradis !

— Je vous rappelle que je n'ai pas d'héritier et que notre famille risque de s'éteindre avec moi.

— À la bonne heure ! Les Kamenov ont fini de jouer leur rôle sur le théâtre de l'histoire. Achète-toi une concession, plutôt que de t'inquiéter de ta postérité. Notre place est au cimetière de Passy, pas dans une crèche municipale. »

Indiscrète et directe, la tante Catherine cuisina Ivan sur son divorce. Au moment du dessert (des profiteroles, *what else ?*), ils en étaient encore à ce sujet. Ivan balayait devant sa porte. Il n'avait pas été un mari idéal. Taiseux et trop distant quand se levait le vent de la discorde, il n'avait pas su rassurer sa femme. Ses scènes répétées avaient tué à petit feu l'amour qu'Ivan pouvait lui porter. Les larmes versées de l'autre côté du lit avaient asséché son cœur à lui. Une de ses amies, romancière, avait publié un livre où elle racontait sa rupture d'avec le père de son fils. Elle y écrivait qu'un jour, imperméable à la jalousie, elle avait eu le sentiment que le corps de son conjoint était retombé dans le domaine public. La justesse de cette formule avait frappé Ivan. Chez lui aussi, le ressort amoureux s'était cassé.

Grâce à l'un de ses maîtres, Oscar Wilde, Ivan avait toujours su que ça finirait mal. On se souvient que Wilde, à la suite de son procès perdu contre lord Queensberry, le père de son amant Alfred Douglas, avait été condamné à deux années de travaux forcés. En 1897, finissant de purger sa peine de prison à la geôle de Reading, Wilde, quarante-deux ans, au bout du rouleau, vêtu de guenilles, avait pris la plume pour écrire *De Profundis*, longue lettre adressée à Alfred. Regrettant de n'avoir pas connu auprès de lui « une atmosphère intellectuelle faite de calme, de paix et de solitude », il avait eu ces lignes :

> Tu admirais mon travail lorsqu'il était achevé ; tu aimais le succès éclatant de mes premières et les brillants festins qui les suivaient ; tu étais fier, et c'était fort naturel, d'être l'ami d'un artiste aussi éminent ; mais tu étais incapable de comprendre les conditions requises par la production d'une œuvre d'art.

Un soudard pointerait dans ce paragraphe la plainte geignarde d'une *drama queen* narcissique. Bien que doué d'une tête froide, Ivan était ému par ce passage. Dans son édition de poche de *De Profundis*, dès ses vingt ans, il l'avait souligné. La suite de sa vie lui avait permis d'en éprouver charnellement la part de vérité – chaque fois que son ex-épouse s'était félicitée de sa réussite sociale, et chaque fois qu'elle l'avait empêché d'écrire.

Un autre auteur de théâtre à succès, Éric-Emmanuel Schmitt, avait soutenu à Ivan cette théorie… À Bruxelles, où il vivait, les loyers étaient bien moins élevés qu'à Paris. Quand un couple battait de l'aile, les gens n'hésitaient pas à partir, de vastes salons bon marché leur tendant les bras. Selon Schmitt, cette flexibilité dans le déménagement adoucissait les mœurs. Les Bruxellois étaient des divorcés épanouis, des célibataires au firmament. À Paris, on restait ensemble par défaut, la pression immobilière tuant dans l'œuf toute envie d'évasion. Pour ces forçats de la vie à deux, les murs des appartements se refermaient comme les portes d'un pénitencier.

Son mariage, qui aurait dû être un soutien quotidien, était devenu pour Ivan un boulet à son pied. Il n'en dormait plus de la nuit. Les vacances à San Francisco, Bali, Rio de Janeiro ou Dubrovnik n'avaient pas suffi à les rapprocher, avec Madame. On aurait dit deux icebergs à la dérive. La dernière année de leur mariage, ils s'étaient octroyé un voyage pour faire le point. Aimant la course à pied, et rêvant de participer à la Diagonale des Fous, la femme d'Ivan avait choisi La Réunion – pas un endroit pour se désunir, mais leur couple agonisant n'en était plus à ça près. Ivan avait toujours trouvé le divorce immature et indigne ; il était envahi par la honte et le dégoût de lui-même. Seulement, pouvait-il continuer de vivre avec une aussi grosse boule au ventre ? Une nuit, sur une plage de Saint-Pierre, sa femme et lui s'étaient saoulés à la bière Bourbon, celle avec un dodo sur l'étiquette. Ils ne savaient plus quoi se dire. Un blanc s'était installé entre eux deux. Assis sur cette plage, face à la nuit, ils étaient au bout du monde. Qu'y avait-il après ? Les îles Kerguelen au loin, et l'Antarctique encore plus loin. Sur ce petit caillou volcanique perdu au milieu de l'océan Indien, ils étaient arrivés à la fin de l'aventure. La femme d'Ivan lui avait pris la main avec une tendresse nouvelle. Elle avait même posé la tête sur son épaule en signe de réconciliation. Ce qu'ils ressentaient se passait de mots. Trop longtemps ils s'étaient bouché les oreilles, avaient serré les mâchoires et fermé les yeux. Enfin, ils acceptaient leur échec, ils se pardonnaient – et avec le pardon venait l'apaisement. Leur séparation provoquait en eux un relâchement paradoxal, triste mais presque grisant. À leur retour de La Réunion, la femme d'Ivan avait fait ses cartons. Resté seul square Pétrarque, il avait vidé et trié les placards de la cuisine, jetant des tas de trucs périmés depuis des années, tombant ici et là sur des fourmis.

« Tu connais la citation de Wilde, Ivan ?

— Laquelle ?

— “Les jeunes gens voudraient être fidèles et ne le sont pas. Les vieux voudraient être infidèles et ne le peuvent plus.” Profite de la fin de ta jeunesse pour être infidèle !

— J'aimerais mieux être vieux et fidèle.

— Quel éteignoir tu es… Et nous tous qui attendons tes prochains divorces ! Qui sera ta seconde femme alors ? Un sac ?

— L'argent ne m'intéresse pas, j'en ai déjà trop.

— Quoi qu'il en soit, avant de convoler à nouveau, trouve-toi un bon psy.

— À quoi bon ?

— As-tu revu récemment ton cousin Bertrand, qui s'était marié en grande pompe l'année dernière ? Lui si solaire, le voilà déjà plus malheureux que les pierres. Dès son retour de voyage de noces, il était abonné aux anxiolytiques. Je me souviens que, quand j'avais épousé Olivier, j'avais commencé une analyse un mois plus tard – j'avais très vite passé plus de temps avec mon psy qu'avec mon mari. Les psys sont bien plus compréhensifs que les conjoints. Il est invraisemblable d'être marié et de ne pas aller voir un psy, ce supplice rend trop malade. Voici ma définition d'un bon ménage à trois : un couple plus un psy.

— Ce triolisme ne vous a pas réussi, si ? Au bout de combien de temps avez-vous divorcé ?

— Mon cas est différent : j'aurais dû épouser une fille, et de mon temps ce n'était pas légal. »

Au restaurant comme au cours d'un mariage, il faut à un moment ou à un autre payer l'addition. La tante Catherine avait pris un armagnac. À ses bâillements prononcés, on sentait depuis un moment que le serveur voulait fermer pour rentrer se coucher. Il finit par apporter la note de lui-même. Après quelques tâtonnements, la tante Catherine lui attrapa le bras.

« Carlo, mon coco, tu pourrais me rappeler mon code de carte bleue ? Je ne m'en souviens jamais… »

Nullement décontenancé par cette demande à laquelle il était habitué, le garçon de café tapa les quatre chiffres sur la machine. Ivan laissa sa tante en bas de son immeuble rue Maspero et fila square Pétrarque, légèrement saoul.

À trois kilomètres de là, Albane Blanzac ne dormait pas.

12

Babylone blues

Elle conservait au fond d'une armoire une pile de revues de cinéma des trente dernières années. Certaines nuits d'insomnie, en peignoir sur son lit, elle en feuilletait quelques-unes. Loin de l'aider à s'endormir, cette activité l'excitait. Un effet caféine. Peu à peu, une frénésie un brin morbide la gagnait. Les hommes ne vivraient pas longtemps en société s'ils n'étaient les dupes les uns des autres, on ne le sait que trop bien, et ce milieu qui avait été le sien s'imposait comme la plus cruelle des chausse-trappes. Plus Albane tournait les pages de ces magazines jaunis, plus son cœur se serrait. Le papier glacé n'était pas l'antidote à la vanité. Les visages qu'elle y recroisait se divisaient en deux catégories : ceux qui avaient vieilli, plus ou moins bien, et ceux sur lesquels elle était incapable de poser un nom. Tous ces gens que les directeurs de casting, un jour, n'avaient plus rappelés devaient danser quelque part au bal des oubliés. Elle revoyait pensivement ces silhouettes fanées, les rois et les reines d'un jour saisis à leur sommet, présentant leur meilleur profil, avant qu'une nouvelle vague ne les efface. Dans la fosse commune de la grande famille du cinéma, on ramassait divers fantômes, principalement les espoirs qui avaient déçu et les stars désuètes dont on n'avait plus voulu entendre parler. Sur bon nombre de photos de soirées apparaissaient Harvey Weinstein, Michel, Jean-Yves… Longtemps, ils avaient donné le *la*. Personne n'aurait songé à s'opposer à leur pouvoir. La versatilité des modes et de la morale créait des courants d'air. Même les girouettes en perdaient la tête. Ce vent soufflant de plus en plus fort finirait par emporter tout le monde.

Plutôt que d'être mise au placard, Albane avait pris les devants. Quand elle avait renoncé à tourner, elle s'était inscrite en philo à la Sorbonne. S'étant arrêtée au bac, elle souffrait de n'être pas suffisamment structurée sur le plan intellectuel. Trop d'idées lui étaient inaccessibles. Jean-Yves et Michel l'avaient expropriée de sa propre vie, en lui volant son image contre rémunération. Les doléances n'étaient pas son fort, Albane y avait trouvé son compte un moment, mais il lui fallait reprendre certaines bases et renouer avec l'anonymat, ce que La Bruyère appelait « les douceurs d'une vie privée ». Les deux premières années de licence, sur le campus de la porte de Clignancourt, elle allait en cours avec une casquette gavroche et s'installait au fond de l'amphi. Elle était inscrite sous son nom de jeune fille et ne parlait à personne. Une faculté de Cocagne.

Elle avait encore plus apprécié cette clandestinité à partir de la troisième année de licence, dans le Quartier latin. Avec vingt ans de retard, séchant certains cours, elle avait découvert le plaisir qu'il y a à flâner des journées entières dans les parcs, les librairies et les cafés. Elle allait acheter des livres chez Gibert et lisait au jardin du Luxembourg, assise près du bassin où Marie l'emmenait autrefois faire naviguer un petit voilier. Dans un texte de Virginia Woolf, Albane avait retenu cette image : les bons livres agissent sur vous comme une opération de la cataracte, en vous offrant une vision plus nette du monde. Connaître quand on ne s'y attend pas ce que Woolf appelait des « moments d'être » était son ambition première. Elle écrivait aussi un peu – des poèmes, des fragments, un journal intime. Enfin, elle surnageait. Elle redevenait maîtresse d'elle-même. Irait-elle jusqu'au doctorat ?

Cette session de rattrapage déplaisait fort à Hugo. Ce serpent sardonique la surnommait tour à tour « Socrate » ou « la Grande Penseuse ». Lors des dîners mondains qu'il organisait rue de Babylone, au moment du dessert, il aimait faire tinter sa cuillère contre son verre :

« Je demande votre attention, chers amis… Nous avons l'honneur d'avoir Socrate à notre table. Car vous savez quoi ? Albane est étudiante en philosophie ! Elle réfléchit ! Elle va nous aider à sortir de la caverne. Allez, éclaire-nous de tes lumières. Qu'as-tu encore appris, aujourd'hui, à l'école ? »

Toute la tablée, silencieuse, regardait Albane, qui piquait un fard. Hugo jouissait un moment de la gêne générale avant de libérer son épouse :

« Un peu d'humour, ma chérie… Je te taquinais. Nous aurions aimé un cours magistral, mais tu as le droit de suspendre ton jugement. »

Après ces humiliations, Albane regagnait sa chambre. Un coup d'œil sur son téléphone : une fois de plus, Léopoldine n'avait pas répondu à son dernier message. Sa fille se disait féministe et voulait faire carrière dans la finance. Elle voyait en sa mère une femme-objet, qui plus est déclinante, et, pire que cela, une femme entretenue. Niant les turpitudes de son père, elle vénérait en lui l'entrepreneur valeureux qui avait réussi.

Que rétorquer quand chaque phrase peut être retenue contre vous et qu'il vaut mieux se murer dans le silence ? Certains jours où Michel était particulièrement difficile, la Sorbonne n'était plus un pays assez lointain. Albane envisageait alors différentes destinations où s'évaporer : Édimbourg, Trieste, Stockholm, Vienne, Lisbonne, Rome – elle se voyait bien filer Via Veneto en Vespa. Mais, plus que le scooter, elle aimait le vélo et ressentait l'appel de la Flandre. Dieu seul sait pourquoi, dès qu'elle passait la frontière belge, elle était comme chez elle, et ce jusqu'en Hollande. Un temps, elle avait occupé son oisiveté en se penchant sur l'histoire des béguines, ces femmes le plus souvent célibataires ou veuves qui s'étaient regroupées en communautés à partir de la fin du XIIe siècle. La foi était vive alors, mais les couvents, pleins, n'acceptaient plus personne. À cause des croisades, les hommes à marier venaient à manquer. Les femmes pieuses devaient se serrer les coudes. Ces religieuses dans le monde avaient d'abord été considérées comme des hérétiques, on les avait persécutées, parfois brûlées vives. Les querelles mystiques cachaient des histoires de gros sous : on reprochait surtout aux béguines d'accaparer perfidement les dons des fidèles, mettant ainsi les pauvres moines sur la paille. La compétition est rude dans le milieu de l'aumône, et l'appât du gain n'épargne personne, pas même les franciscains. Au fil des siècles, de Liège à Gand, elles avaient su se faire accepter. L'Église, hostile, les avait finalement intégrées aux tiers ordres mendiants ; puis leur courant presque millénaire s'était peu à peu dépeuplé, et la dernière d'entre elles avait disparu en 2013.

Demeuraient ici et là quelques béguinages, ces merveilles architecturales, sortes de maisons de poupées pour les lectrices du *Miroir des âmes saintes et anéanties* de Marguerite Porete. Albane aurait adoré y investir. Les prix de l'immobilier y seraient toujours moins élevés que vers Sunset Boulevard. Aucune agence n'étant spécialisée dans ce type de biens atypiques, elle avait regardé toute seule… Le béguinage d'Anvers avait été en partie démoli et celui d'Audenarde reconverti en hospice pour vieilles dames – elle n'en était pas encore là. Celui de Bruges était un bijou, certes, mais il y avait trop de touristes, une carte postale ; en s'installant là-bas, Albane aurait eu l'impression de s'asseoir pour un tour de manège sans fin. Elle aurait pu trouver son bonheur à Louvain ou à Courtrai, dans une bicoque couronnée d'un pignon à échelons. Mais c'est à Amsterdam qu'elle avait eu la révélation.

La ville entière lui avait plu, moins gangrenée de touristes que Venise, plus vivante que la Sérénissime à laquelle elle ressemblait avec ses immeubles de guingois le long des canaux, et au bord de l'eau la basilique Saint-Nicolas, sorte de Santa Maria della Salute néerlandaise... Albane avait pris une suite à l'hôtel de l'Europe, à mi-chemin entre un paquebot et le Plaza Athénée. Hitchcock y avait tourné une partie de *Correspondant 17*. De son balcon du troisième étage, Albane dominait l'Amstel. Se noyer dans ce fleuve aurait été une belle fin, mais Amsterdam était une raison de vivre encore un peu. En se promenant le soir, on entrait dans une féerie parfaite. Ce n'était pas pour rien que *La Ronde de nuit* de Rembrandt se trouvait exposée dans cette ville. Il suffisait de s'arrêter sur les ponts et de regarder autour de soi. Le goût très sûr qu'ont les Hollandais en matière d'éclairage conférait à l'ambiance une dimension magique. Vues de l'extérieur, les lampes avaient la douce chaleur des bougies. Toujours aussi de travers, les maisons illuminées rapetissaient encore quand on plissait les yeux. On se croyait dans une crèche.

Le lendemain de son arrivée sur place, Albane avait poussé la grille du béguinage d'Amsterdam. Elle avait failli tomber à genoux devant tant de beauté. Une oasis médiévale avec en son cœur une chapelle datant du XIVe siècle. Un cloître féminin simplement constitué d'une pelouse verdoyante encerclée d'habitations de briques, finement stylisées. Le ciel bleu faisait ressortir le gazon frais comme un green de golf, les élégants réverbères noirs, les murs couleur terre battue. C'était une planche de bande dessinée ligne claire, une case où s'échapper loin du cinéma. La quiétude absolue.

Trop souvent velléitaire, Albane avait quitté Amsterdam sans rien visiter. Pas le moindre achat sur un coup de tête. Était-elle trop timorée ? Prenant le thé rue de Babylone avec une amie universitaire, elle avait eu un inhabituel accès de nombrilisme.

« Tu vois quel est mon problème… Comment voudrais-tu que je trouve ma place dans le monde actuel ? J'aurais dû être béguine.

— Pardon ?

— Je reviens d'Amsterdam, où j'ai découvert le béguinage. La dernière vraie béguine à y avoir vécu est morte en 1971. Pourquoi ne pas reprendre le flambeau ?

— Que de la gueule ! Les grandes bourgeoises dans ton genre ont toujours aimé se piquer de religion, prendre la pose sous des cornettes, se mortifier par pure morgue… Au XVIIe siècle, il y avait déjà beaucoup de snobisme dans le jansénisme. Albane Blanzac en béguine, on aura tout vu !

— Je suis sérieuse : en se cotisant, on pourrait racheter une partie du béguinage et s'y installer avec des copines… Tu serais la bienvenue !

— Je sais ce que tu penses de la sororité…

— Et qu'est-ce que j'en pense, de la sororité ?

— Que ça se termine toujours en crêpage de chignons.

— Tu devrais te mettre au yoga : je suis beaucoup plus zen, depuis que j'en fais.

— Arrête de te complaire dans tes affects dépressifs – tu n'es pas Virginia Woolf, la lire te monte au cerveau. Avoir un étage à toi, ça ne te réussit pas. Atterris ! Ce qu'il te manque, c'est d'avoir à nouveau le béguin pour quelqu'un. Et le courage de plaquer ce goujat de Michel. »

Après le départ de son amie, Albane n'avait pas trouvé le sommeil. Elle avait ressorti son peignoir et ses vieilles revues de cinéma. Michel, photographié en majesté, lui était sauté au visage. Depuis des années, il ne la touchait plus, et vice versa. Bien que n'ayant pas formé de vœux perpétuels, Albane vivait dans la chasteté. À tel point qu'elle avait cru un temps que le désir s'était à jamais dissous en elle – une histoire d'âge, sûrement, comme le lui répétait Michel. Elle se passait très bien de l'amour, ou du moins voulait-elle le croire. Car en vérité, à l'approche de la cinquantaine, elle ressentait un besoin de réconfort. Sous l'armure artificielle de la célébrité façonnée par les médias, elle était seule et fragile. Avoir une image glamour ne prémunit pas contre le désert du quotidien. Il n'aurait pas déplu tant que ça à Albane qu'un homme lui écrive des mots attentionnés et, à l'occasion, pose ses mains sur son corps. Elle portait une fêlure à laquelle son mari n'avait jamais rien compris, et dont il avait toutefois joué, plus ou moins consciemment. Devrait-elle se coltiner cette ombre jusqu'à la fin de ses jours ? Cette rencontre avec Ivan était rafraîchissante, il semblait digne de confiance. Lui parlerait-elle, à lui ? Tout en la coupant du monde, Michel lui avait imposé l'idée que les grands hommes (et les grandes femmes) sont ceux qui savent être des tombes. Aux plus belles heures de l'amitié entre François Mitterrand et François de Grossouvre, le futur Président avait paraît-il coutume de dire à son mécène qui se suiciderait vingt ans plus tard : « Le sel de notre vie, ce sont nos secrets. » Une pincée justement dosée permet sans doute de relever le goût de l'existence. Jusqu'à ce que le grain de trop ne vous donne la grimace.

13

Le temps de l'innocence

Entre Albane et Ivan, la parade amoureuse dura plusieurs mois. Ils ne pouvaient pas se revoir pendant des heures rue de Babylone. À la longue, des soupçons naîtraient dans l'esprit du majordome, et l'on sait que ces gens-là peuvent être tentés par la félonie – ou la fidélité, question de point de vue. Après tout, il était payé par Michel, et à l'évidence l'échalas en gants blancs était sa taupe. Déjeuner au Lutetia n'était pas plus discret. Quant à se promener bras dessus bras dessous au jardin du Luxembourg ou au parc Monceau, pas folle, la guêpe… Albane avait une peur bleue des paparazzis, souvent à la botte de Michel. Que se passerait-il s'il piquait une crise de jalousie, changeait ses plans et la faisait mettre avec Ivan en « une » de *Paris Match* ou, pire, de *Voici* ? Ce serait affreux. Rester incognito était une de ses priorités depuis son entrée à la Sorbonne.

Certains matins, Ivan venait chercher Albane en voiture, et ils allaient se promener dans la forêt de Fontainebleau, en poussant jusqu'à Barbizon. Elle rêvait de « portes dérobées » – c'était son expression. Charge à Ivan d'organiser des escapades qui sortent de l'ordinaire. Connaissant le jardinier en chef du parc du château de Versailles, auquel il avait consacré un portrait élogieux dans un magazine quelques années auparavant, Ivan l'appela, plein d'aplomb : pouvait-il… privatiser le domaine de Trianon un jour de fermeture ? Tout auteur de théâtre sait arranger des bobards pour parvenir à ses fins. Ivan prétexta, ce qui au fond n'était que partiellement mensonger, qu'une star hollywoodienne de passage à Paris l'avait prié de lui montrer ça. L'idée plut au jardinier, il donna son accord.

Un lundi de juillet, le duo déambula seul au hameau de la Reine. Charmantes chaumières. On n'entendait pas un bruit, à part celui des oiseaux. Le réchauffoir, le boudoir, la ferme, le colombier, les laiteries, la tour de Marlborough fraîchement ravalée, le lac, les cascatelles… Albane aurait voulu se retirer dans ce décor d'aquarelle. Pourquoi n'acquerrait-elle pas ces quelques hectares ? Elle était légitime, non, ayant incarné Marie-Antoinette à l'écran ? Si vraiment il n'était pas question de fermer les lieux à la visite, elle accepterait de jouer une fois par semaine à la bergère pour les touristes asiatiques. Hélas, le hameau de la Reine n'était pas à vendre, pas plus que le Petit Trianon, où ils allèrent déjeuner. Ivan disposa par terre une nappe à carreaux et sortit le pique-nique qu'il avait préparé : des sandwiches au saumon fumé et une bouteille de champagne conservée au frais dans une glacière. Le dessert, un fraisier, n'avait pas résisté au voyage. Quant au café, c'était du jus de chaussette. Les quelques fous rires d'Albane rassurèrent Ivan : la sortie s'avérait réussie.

Quelles virées imaginer après ça ? Ivan n'avait pas les moyens d'emmener Albane sur Saturne. Il se rabattit sur des coins qu'il aimait, souvent des maisons d'écrivain. En septembre, ils vécurent de bons moments au château de Monte-Cristo, au Port-Marly, et à la Vallée-aux-Loups, un jour de bruine. Chateaubriand avait acheté ce manoir isolé pour se retirer de Paris jusqu'à ce que, financièrement étranglé, il ne le revende à son créancier. Une petite aile en briques ajoutée plus tard, gagnée par la vigne vierge, aurait trouvé sans mal sa place au béguinage d'Amsterdam ou dans un dessin d'Edgar P. Jacobs. Après être passée entre les mains de différents propriétaires, la Vallée-aux-Loups avait été un temps la maison de santé la plus sélecte des Hauts-de-Seine – le poète sans œuvre Jacques Rigaut s'y était suicidé d'une balle de revolver dans le cœur, ce génie indépassable de Paul Léautaud y était mort. Se mettre au vert ne suffit pas toujours à faire de vieux os, même quand on a accès à un bel arboretum.

Cette visite avait donné faim à Albane. À l'heure du goûter, ils allèrent prendre une part de crumble dans le salon de thé installé dans l'ancienne orangerie. Il n'y avait aucun autre client. Un gros gramophone reposait dans un coin, à jamais silencieux. On se demandait ce qu'il faisait là. Les repères spatio-temporels se brouillaient, ce qui peut toujours nous arriver de mieux, où que nous soyons. La pluie mouillait les vitres, couvertes de buée. Ivan se sentit soudain délicieusement engourdi. Avec Albane, ils auraient pu être dans la salle de restaurant d'une station thermale, pourquoi pas en Angleterre à l'ère géorgienne, téléportés en une simple gorgée de tisane de Châtenay-Malabry à Bath. Profitant d'une éclaircie, ils sortirent. Tous les arbres avaient pris avec un temps d'avance les couleurs rougeoyantes de l'automne, s'assortissant aux érables du parc. Une averse surprit les rêveurs, qui s'abritèrent dans un bout de forêt. Ivan entraîna Albane au bout du chemin. C'est là que se trouvait la minuscule tour Velléda, où Chateaubriand s'installait pour écrire. Ce pavillon de poche donnait à Ivan une irrépressible envie d'achat. Tout aussi givré qu'elle, il partageait avec Albane cette recherche illusoire d'un ermitage élégant. Dans un monde parfait, elle se serait installée entre le hameau de la Reine et le Petit Trianon, et lui aurait posé ses malles à la Vallée-aux-Loups, avec un matelas à l'étage de la tour Velléda pour y rester dormir les nuits d'inspiration. Il avait ressenti les mêmes palpitations cardiaques en visitant l'abracadabrante maison de Pierre Loti à Rochefort ou la villa Arnaga, la somptueuse thébaïde d'Edmond

Rostand à Cambo-les-Bains. Pourquoi les seuls biens immobiliers séduisants n'étaient-ils pas sur le marché ? Il devait s'agir d'un complot.

À Versailles comme à la Vallée-aux-Loups, Ivan se transformait en personnage de comédie italienne. Il virevoltait. Sortait des lapins du chapeau de sa conversation. Albane lui renvoyait la balle avec la même adresse. Combien de temps peut-on maintenir cette intensité, cette électricité entre deux personnes ? Le propre des portes dérobées, c'est de nous extraire de la vraie vie. À un moment, il faut bien rentrer et renouer avec la réalité. Même les funambules les plus aguerris descendent de leur fil quand vient l'heure de se coucher. L'enchantement se dissipe à mesure que monte le soir. Lorsque ses excursions avec Ivan tiraient à leur fin, Albane regardait sa montre : elle était attendue rue de Babylone pour le dîner. Après l'avoir déposée au pied de chez elle, Ivan la retenait, trouvant tous les prétextes pour prolonger leur discussion. Elle souriait tout en répétant que ce n'était pas raisonnable, elle devait vraiment y aller…

À peine avait-elle disparu dans son immeuble que la nostalgie s'emparait d'Ivan tout entier. Que ressentait-il ? Le chagrin de rester au seuil d'une histoire impossible. Se faisait-il des films ? Oui et non. Une attirance mutuelle existait entre Albane et lui, aucun des deux n'aurait pu le nier. Il suffisait qu'ils se voient pour avoir l'impression de faire les quatre cents coups. Mais elle n'était pas libre, et de son long passage dans l'enseignement catholique, où il n'avait pas appris grand-chose, Ivan avait quand même retenu qu'on ne doit pas s'approcher de l'épouse de son frère, et que quiconque regarde une femme avec convoitise a déjà commis dans son cœur le péché d'adultère. D'une manière plus terre à terre, ce froussard craignait une correction immanente. Ivan ne faisait pas le poids face à ce gangster de Hugo. Il avait eu honte de divorcer, et voilà qu'il n'osait pas devenir l'amant d'une femme mariée. Il n'ignorait pas que, si l'on est la somme de ses actes, on est aussi le fruit de ce à quoi on a renoncé ; et qu'un honnête homme doit savoir s'empêcher. Plus facile à dire qu'à faire… N'était-il qu'un allumeur ? Il était surtout un indécis, le genre d'homme à qui Dante octroie une place de choix dans *L'Enfer*. Devant l'interphone, il restait coi. À quoi jouaient-ils, Albane et lui ? N'avaient-ils pas passé l'âge de se mettre dans un état pareil ? Ils ne s'étaient toujours pas embrassés, on aurait dit deux adolescents, ou deux anachorètes. Tant pis, Ivan ne tenterait rien… Il revenait morose square Pétrarque.

Un soir d'octobre, vers 20 heures, alors que l'orage menaçait depuis la fin de l'après-midi, Hugo déboula rue de Babylone avec un air préoccupé et en nage, lui qui ne transpirait jamais. Il enleva sa gabardine, puis sa veste en velours, et, d'un doigt plus pointu qu'une dague, il indiqua un fauteuil à Albane.

« Il faut qu'on parle sérieusement.

— Ah…

— Assieds-toi. »

Il demanda au majordome de lui apporter un verre d'eau, qu'il engloutit d'une traite, pour s'éclaircir la voix. L'heure était grave.

« J'ai l'impression que tu n'oses pas m'en parler, mais je me doute de quelque chose.

— À quel sujet ?

— Je ne suis pas débile. Je vois bien que ça fait un moment que tu es très mal à l'aise. Allez, avoue.

— Quoi ?

— Qu'est-ce que vous avez fait, avec Kamenov ?

— Rien !

— Rien ?

— Je te le promets ! »

Le pouls d'Albane accéléra d'un coup. Que savait-il ? Le majordome lui avait-il vendu la mèche d'une entente un peu trop équivoque ? Ivan n'était pas revenu rue de Babylone. Michel les avait-il fait suivre, Ivan et elle, à Versailles ou à la Vallée-aux-Loups ? Avec lui, on pouvait s'attendre à tout.

« Dis-moi la vérité… Vous n'avez vraiment *rien* fait avec Kamenov ?

— Puisque je te le dis.

— *L'Amour moderne* en est donc toujours au point mort ?

— …

— Espèce d'idiote ! »

Il était arrivé par le passé que Michel lève la main sur Albane. Elle avait essuyé des paires de gifles, surtout au début de leur relation. N'ayant alors rien connu d'autre, elle pensait que c'était normal. Quand il était fâché contre elle, il la laissait mariner. Jusqu'au dernier moment, elle ne savait pas si elle était toujours invitée aux soirées où elle était censée l'accompagner. Il oubliait une fois sur deux son anniversaire, trop pris par son travail, mais lui faisait une scène lorsqu'elle ne le fêtait pas comme la divinité qu'il devait être pour elle. S'il lui offrait un cadeau (une robe ou un bijou), il s'arrangeait pour ça ne lui plaise pas à elle, afin de pouvoir ensuite lui tenir rigueur de ne pas le mettre – de toute façon, elle n'avait aucun goût, elle ne serait jamais une Parisienne digne de ce nom. S'excuser platement, contenir avec sang-froid la mauvaise humeur de son mari, passer sous les fourches caudines : tel était le quotidien d'Albane.

« Ne t'énerve pas, je t'en prie… Nous voulons juste faire les choses bien, avec Ivan. Pourquoi se précipiter ? Ça avance tout doucement. On s'apprivoise. On prend notre temps. Tu seras satisfait du résultat.

— Tu te moques de moi ? J'ai un théâtre à faire tourner ! On a lancé le projet au printemps, et c'est bientôt la Toussaint. Six mois et pas une ligne de texte. Je comptais monter la pièce en janvier, je n'ai pas de plan B. Si ce crétin de Kamenov ne me donne pas de biscuit dans les quinze jours, je fais quoi, moi ? Je ferme la boutique ? C'est bien beau de philosopher ! Tu ne penses décidément à rien, c'est toujours à moi de m'occuper de tout.

— Tu ne peux pas reprendre un des succès d'une saison précédente ? La pièce à l'eau de rose, là, dont je ne retrouve plus le titre…

— Ce prétendu phénix n'est qu'un traîne-savate. Je l'appelle tout de suite. Je vais lui voler dans les plumes !

— Tu as besoin de lui, vas-y doucement.

— Je vais me gêner, tiens ! Il mérite une bonne correction. De quoi a peur cet esprit faible ? Qu'il se lâche, quoi ! Qu'il s'envole ! Je lui poserai un ultimatum quand je le verrai. Il n'aura pas d'autre choix que de conclure. »

14

Un phénix pris entre deux feux

Ivan avait la tête farcie d'histoire, et singulièrement d'histoire littéraire. Ses six mois de flirt avec Albane lui rappelaient les mésaventures du vrai Hugo, Victor.

En 1827, Hugo n'était qu'un jeune monarchiste de vingt-cinq ans, marié depuis cinq ans avec Adèle. Notre futur grand écrivain national n'avait encore rien publié de mémorable, à part quelques poèmes bientôt réunis dans *Odes et Ballades*. Il planchait sur sa pièce *Cromwell*, dont il donnait lecture dans les salons parisiens les plus lancés, où un admirateur sortait du lot : Sainte-Beuve, critique au *Globe*, qui avait déjà consacré à Hugo un article où l'on sentait poindre l'envie tout autant que l'admiration.

Petit, bossu et plein de mimiques, ce rouquin de Sainte-Beuve n'était pas beaucoup moins laid que Quasimodo. Il était en plus affublé d'une difformité intime que nous aurons la bonté de ne pas dévoiler ici. Comparé à Hugo, il ne valait pas un kopeck. L'un courrait les femmes toute sa vie ; de l'autre, on disait qu'il n'avait alors connu que des filles de petite vertu. Sainte-Beuve était devenu un ami du couple Hugo, qui s'était installé à côté de chez lui. Le critique avouait un « culte » au génie en herbe, auquel il déclara : « Je ne vis plus que par vous. Le peu de talent que j'ai m'est venu par votre exemple et vos conseils déguisés en éloges. » Il ne disait pas tout : il s'était aussi entiché de sa femme, qui ne restait pas indifférente à ce brillant laideron. Le temps de trois longues années, ils s'étaient interdit de s'aimer. Avant de céder.

En 1830, pris par la bataille d'*Hernani* puis dans la foulée par l'écriture au galop (cinq mois seulement !) de *Notre-Dame-de-Paris*, Hugo avait délaissé Adèle. Elle avait alors entamé une liaison avec Sainte-Beuve. Ce dernier avait changé, si l'on en croit les lettres qu'il s'était mis à envoyer à son ancien dieu : « Il y a en moi du désespoir, voyez-vous, de la rage ; des envies de vous tuer, de vous assassiner par moments en vérité ; pardonnez-moi ces horribles mouvements. » Est-ce ce que l'on attend d'un disciple ? Pendant quelques années, le trio avait trouvé un *modus vivendi*. Adèle était restée mariée à Hugo, même si elle lui avait fermé la porte de la chambre conjugale – Victor passait de plus en plus de temps avec Juliette Drouet. En 1835, Sainte-Beuve avait taclé Hugo dans la presse. Un duel avait été un temps envisagé. En 1837, enfin, Adèle avait rompu avec son amant à la triste figure. Plus tard, dans son *Livre d'amour*, romançant cette vieille aventure, Sainte-Beuve s'en prendrait à Hugo, « le dur jaloux », « l'orgueilleux offensé ». De son côté, le notable des lettres attribuerait à son ancien rival le surnom suave de « Sainte-Bave ».

Ivan aimait cette historiette : un cador moitié pacha, moitié caïd, à ses côtés une épouse déçue qui ne demande qu'un peu d'attention, et à l'affût un type qui ne paie pas de mine. Ivan était moins repoussant que Sainte-Beuve, mais se voyait bien piquer la femme du second Hugo. Quand aurait lieu leur affrontement final ?

L'Amour moderne était sorti de l'esprit d'Ivan. Perdu dans ses rêveries, il ne pensait qu'à cette histoire peu banale qu'il vivait avec Albane – *Albane* était l'anagramme de *banale*, mais elle faisait mentir cette absurdité lexicale. Il y avait quand même un hic : pourquoi ne parvenait-il pas à lui parler de l'affaire Dubois ? Il craignait que cela ne ternisse leur relation. Il attendait le bon moment.

Michel Hugo était moins patient. Il ne comprenait pas le caractère de ce dramaturge irrésolu et chimérique. Le jugeant pusillanime, il eut l'idée d'une machination susceptible de l'apeurer et de lui faire quitter son dilettantisme. Il passa un coup de fil à Ivan. Sans le rudoyer, il se montra plutôt sec malgré la courtoisie de façade. Le seigneur du cinéma, suzerain des scénaristes, en avait maté de plus coriaces que ce gratte-papier à sec qui refusait d'être vassalisé. Pour l'amadouer, il l'invita à dîner au petit restaurant russe qui se trouvait rue d'Assas, derrière La Closerie des Lilas.

Devant La Closerie se dressait la statue du maréchal Ney, sabre au clair. Ivan devait-il s'inspirer du brave des braves, prince de la Moskova ? Notre homme ne portait pas pour rien le prénom du tsar Ivan le Terrible. Les Kamenov avaient leur fierté. Le sang des boyards bouillonnait dans les veines fatiguées d'Ivan. Il ne se laisserait pas intimider par ce gredin de Hugo. Tout en louvoyant, il lui tiendrait la dragée haute.

À l'adresse indiquée, il poussa la porte. Il n'y avait personne à l'intérieur, à part Hugo dans un coin. Il n'avait pas encore ôté son chapeau de feutre et tripatouillait sa pipe éteinte. Il se découvrit, puis se leva et tendit à Ivan une de ses mains noueuses aux ongles noirs.

« Il n'y a pas foule, je suis désolé. Je me souvenais de concerts de balalaïkas ici, je pensais que ça vous plairait.

— Ma famille a quitté la Russie en 1917. Nous sommes tous des enfants d'immigrés, naturellement, mais pour moi l'arrivée en France remonte déjà à la quatrième génération… »

Avant même l'apéritif, Hugo prit l'ascendant.

« Je voulais vous faire part d'un sujet sensible.

— Quoi donc ?

— J'ai appris que votre ancienne épouse prépare un livre à charge contre vous.

— Comment ça ? Je ne suis pas assez connu.

— Oh, tout de même ! Ne vous sous-estimez pas. La mode est aux règlements de comptes, vous savez ? Les récits bruts ont remplacé les romans à clés. Pardon d'être franc, mais il paraît que le texte est accablant pour vous. Vous y êtes présenté comme un faux lunaire, un homme égoïste et sans cœur, ignoble avec ces dames.

— On ne se parle plus du tout avec Victoire, depuis notre divorce. Il faudrait que je l'appelle…

— Surtout pas ! Vous risqueriez de la braquer. Un signe de vous, c'est tout ce qu'elle attend. Si elle apprend que vous paniquez, elle voudra enfoncer le clou. N'intervenez pas directement. Laissez-moi agir. La gestion de crise, ça me connaît. Je suis très proche de l'éditeur qui a signé un contrat à votre Victoire. Il a plus d'une dette envers moi - des choses que j'ai faites pour lui quand j'étais ministre… Je peux vous sortir de là, pousser l'éditeur à orienter le manuscrit différemment, exiger des coupes significatives, voire en empêcher la parution.

— Vous feriez ça ?

— Si on ne s'aide pas, mon cher Ivan, à quoi ça sert d'être amis ? Ne vous en souciez plus et n'en parlez à personne, je m'en occupe. »

Hugo n'avait pas faim. Il ne commanda pour lui que des blinis et du saumon fumé, sans crème. Astucieux comme il était, il avait décidé de ne pas y aller de façon frontale. Il tint le crachoir un moment, évoquant ses projets, notamment un documentaire sur l'histoire du féminisme dont il avait validé le script et le financement, et qu'il comptait lancer à grand renfort de promo en septembre prochain pour se crédibiliser à nouveau auprès des médias. Il attendit qu'arrive le bœuf Stroganov d'Ivan pour mettre les pieds dans le plat.

« Et ma pièce, alors ? Vous m'aviez promis de l'écrire, je vous faisais confiance…

— Je sais, cher Michel, que vous êtes un esthète ; que dis-je, un orfèvre…

— Qu'insinuez-vous ?

— Rien. Je dis simplement que vous n'êtes pas de ces producteurs qui se contentent de plats réchauffés à la va-vite. Quand vous passez votre serviette autour de votre cou, vous vous attendez à de la grande cuisine, à des mets raffinés, à des viandes tendres, pas à de la semelle de botte…

— J'ai compris la métaphore. Enchaînez, je vous prie.

— Eh bien, une bonne préparation prend du temps, comme pour ce bœuf Stroganov. Il faut que ça mijote. Combien de mois Victor Hugo a-t-il mis à écrire *Ruy Blas* ?

— Je n'en sais rien.

— *Ruy Blas* ne s'est pas fait en un jour.

— Entre un jour et six mois, il y a de la marge.

— Hugo a sué sur *Ruy Blas*. Et ça valait le coup. Ce n'est quand même pas vous, avec le beau nom que vous portez, qui allez me dire que Hugo aurait pu bâcler *Ruy Blas* ?

— Au risque de vous décevoir, je déteste plus que tout le théâtre de Hugo. C'est pompeux. Ce n'était vraiment pas la peine de s'acharner. Sa poésie et ses gros romans me tombent également des mains. Je le préfère de beaucoup quand il se fait historien de son temps, dans *Choses vues*.

— Ah, *Choses vues*…

— Moi aussi, j'aime voir des choses. Et avec vous, je ne vois rien venir.

— Un peu de patience !

— Je vais attendre combien de temps ? Dix ans ?

— Entre six mois et dix ans, vous en conviendrez, *il y a de la marge*. Je suis lent, je le reconnais.

— Heureux de vous l'entendre dire.

— Mais c'est aussi votre faute.

— Pourquoi donc ?

— Votre ambition a déteint sur moi. Michel, vous êtes un géant, plein de panache, le prophète des producteurs, le Moïse du théâtre Mélusine ! Je me hisserai à la hauteur de vos espérances. Vous voulez que *L'Amour moderne* fasse date, nous sommes d'accord ?

— Oh, n'ayons pas les chevilles qui gonflent. Vous avez l'intention de vider la salle ? J'ai une équipe à payer, moi. J'ai besoin d'un succès garanti, pas d'un flop assuré.

— Vous avez l'impression que je ne fais rien. En vérité, je frôle le surmenage.

— Enlevez-vous un peu de pression. Le théâtre Mélusine n'est pas le Festival d'Avignon. Je vous avais cité Guitry. Soyez léger ! Quel délai vous faudrait-il pour écrire une pièce bien calibrée et qu'on monte ça proprement ?

— Renoncez à janvier qui vient pour la première... Avec les répétions, ce n'est pas tenable. Partons sur janvier de l'année suivante ? Comme ça, je vous rends un texte avant l'été, vous vous concentrez sur votre documentaire sur le féminisme à sortir en septembre puis, *deus ex machina*, Albane réapparaît dans votre théâtre quatre mois plus tard. C'est, me semble-t-il, le meilleur planning. Votre docu et ensuite notre pièce.

— Hum... »

Une fois dans la rue, Ivan soufflait à moitié. Usant de moyens dilatoires, tout en restant poli, il avait réussi à renvoyer *L'Amour moderne* aux calendes grecques.

« Ça m'embête quand même, ce que vous m'avez dit au sujet de Victoire...

— Je ne voulais surtout pas vous inquiéter. N'y pensez plus, je vais déminer ça.

— Vous ne me donneriez pas le nom de l'éditeur ?

— Non. Je travaille toujours dans l'ombre. »

Avant de quitter Ivan, fumant sa pipe de la main gauche, Hugo posa sa main droite sur le bras d'Ivan, en exerçant une pression de serre d'aigle et en le fixant dans les yeux.

« Maintenant que nous avons abouti à un accord, je vais vous faire une confession.

— Je vous écoute.

— Je n'aime pas la manière dont vous agissez avec ma femme.

— Ah ?

— Votre méthode n'est pas appropriée.

— De quelle méthode parlez-vous ?

— De votre méthode de travail. Vous vous compliquez inutilement la vie, de mon point de vue.

— Coachez-moi…

— Vous êtes au bord du *burn-out*, soit, je vous l'accorde. Je ne minimise absolument pas le stress qui est le vôtre. Cela étant, je pense surtout que vous ne fréquentez pas assez Albane.

— Pardon ?

— C'est une épouse atroce à vivre. Il y a une contrepartie : sur le plan créatif, elle donne des idées. Mon majordome me dit qu'il ne vous voit jamais à la maison. Vous êtes trop romantique, Ivan, dans les nuées – l'art pour l'art, le théâtre pour le théâtre, toutes ces foutaises post-adolescentes… Atterrissez, bon sang ! Prenez la vie à bras-le-corps ! Comment voulez-vous bosser sur votre modèle si vous ne l'avez pas sous les yeux ? Enfermez-vous avec Albane. Vous me disiez avoir besoin de vacances. J'ai revendu notre château de Benerville-sur-Mer, mais je suis prêt à vous louer une belle baraque une ou deux semaines, si ça peut vous aider à avancer. Vous passerez une partie de vos journées à écrire *L'Amour moderne* et, le reste du temps, vous aurez quartier libre. Vous êtes coincé de partout : on va vous débloquer, et l'inspiration suivra.

— Vous avez sans doute raison : j'ai besoin d'un déclic.

— Vous voulez un dernier conseil ?

— Allez-y.

— Soyez plus spontané. La fortune sourit aux audacieux, non ? Ça a toujours été mon mantra… Arrêtez donc de tourner autour du pot. Foncez. Droit au but ! »

15

De l'humiliation considérée comme un des beaux-arts

Albane n'avait jamais aimé Venise. Quelle importance ? La place Saint-Marc serait idéale pour une petite mise en scène. En s'y prenant en avance, Hugo avait réservé la plus belle cabine de l'Orient-Express. Il emmènerait sa femme fêter son anniversaire là-bas. Les y attendrait la suite où il avait ses habitudes à l'hôtel Cipriani. Il avait vivement incité ses amis rédacteurs en chef à *Paris Match* et *Voici* à poster des paparazzis entre la Giudecca et le Caffè Florian. Ce séjour romantique ferait un bon reportage, avec des photos validées et un récit verrouillé par Hugo : la plus grande actrice française préparait son retour à la cité des Doges, soignée par son merveilleux mari…

Une semaine avant ce week-end, Hugo était censé dormir à Lyon, après une avant-première et un dîner avec l'équipe du film. Se croyant tranquille chez elle, Albane avait donné congé au majordome et proposé à Ivan de venir. Ils bavardèrent avec une fausse désinvolture autour d'un bol de cacahuètes et d'une bouteille de vin blanc. Cela dura une heure. L'atmosphère était lourde. Trop de gêne. L'un des deux devait faire le premier pas, aucun n'osait encore. Albane finit par demander à Ivan de se rapprocher, elle voulait lui montrer une image dans un livre illustré qui traînait sur la table basse. Quand il s'assit à son côté, elle lui passa une main dans les cheveux, puis l'embrassa. Ivan glissa des doigts sous la chemise d'Albane, d'autres sur sa cuisse. Elle le regarda avec gourmandise.

« Viens dans ma chambre... »

Elle courut à l'étage avec la légèreté de l'étudiante de la Sorbonne qu'elle était, tenant par la main un Ivan qui faillit trébucher dans les marches.

Albane ferma les rideaux.

« La pénombre ne te perturbe pas ? Question de décence. Je suis quand même une vieille dame... »

Ivan lui répondit qu'une actrice ne pouvait être dans son élément que dans une salle obscure. Albane se mit sur le lit. Pour ses films, elle avait souvent eu des doublures. Elle craignait que son soupirant, plus jeune qu'elle, ne soit déçu par sa peau tavelée. Elle se rassurait en se convainquant qu'Ivan n'était pas un esprit primaire – elle le devinait et l'espérait, sans en être certaine... Il commença à la déshabiller. Ils étaient des millions, à travers le monde, à avoir vu Albane au cinéma, mais personne ne l'avait jamais contemplée comme ça. Au milieu des hésitations et des rires nerveux des premières fois, elle le serra encore plus près d'elle.

« Prêt à faire le grand saut ? »

Hugo avait bien choisi son moment pour rentrer. Il ferma bruyamment la porte blindée, mais Albane et Ivan ne l'entendirent pas tout de suite.

« Albane ? Albane, tu es là ? En haut ? »

Quand ces mots parvinrent à leurs oreilles, ce fut comme si un bombardement atteignait l'immeuble. Hugo se trouvait en bas de l'escalier, il allait monter quatre à quatre. Échouant à devenir amants, Albane et Ivan remirent leurs vêtements à la vitesse de l'éclair. Ils étaient debout près de la bibliothèque quand Hugo apparut dans la pièce.

« Ah, Ivan, vous êtes là ? Quelle heureuse surprise ! »

Albane embrassa son mari.

« Je lui ai proposé de passer à la maison pour réfléchir à une scène qui nous pose un problème dans *L'Amour moderne*... »

Un livre de poche de Sacha Guitry, *La Jalousie*, lui sauta providentiellement aux yeux. Elle le prit et le tendit à Ivan.

« Voici la pièce dont je te parlais à l'instant. Je vais te retrouver le passage intéressant pour la scène qui coince... Si on redescendait finir nos verres ? Tu te joins à nous, Michel ? »

En bas, Hugo sortit une autre bouteille de blanc du frigo. Il alpagua Albane, à côté de lui à la cuisine.

« Antonio n'est pas là ?

— Il avait mauvaise mine, je lui ai dit de rentrer…

— Et tu fais ça sans me demander mon avis ?

— Pas de scène ce soir, je t'en prie, nous avons un invité. Allons le rejoindre au salon.

— Vas-y, bouge. Et ne fais pas la gueule, hein ; sois un peu maîtresse de maison, pour une fois… »

Pour l'inviter à se presser, il lui donna trois petites claques sur les fesses.

« Albane ne vous a servi que des cacahuètes ?

— C'est très bien, ne vous en faites pas.

— C'est toujours comme ça quand je ne suis pas là. Je devais être à Lyon aujourd'hui, mais j'ai annulé – ça me pompait. Il n'y a rien à manger, du coup. Je m'occupe des repas d'habitude, il ne faudrait pas qu'Albane croule sous la charge mentale ! »

Elle était assise à côté de lui sur le canapé, il lui tapota la cuisse sans la regarder. Elle n'existait presque plus. Seule comptait pour Hugo sa conversation avec Ivan.

« Voulez-vous qu'on se fasse livrer des sushis ?

— Je suis juste venu emprunter *La Jalousie*. Je ne veux pas vous gâcher la soirée…

— Une question quand même, avant que vous ne partiez… Vous savez pourquoi Albane n'est pas une fée du logis ? Eh bien, elle a mieux à faire. Être actrice ne lui suffit plus, c'est une créatrice... »

Il se tut, laissant planer le doute sur la nature de son sous-entendu.

« Elle suit des études de philo – je suis fier d'elle, elle est très forte. Et à côté de ses cours, elle écrit ! Ce n'est pas un bas-bleu, attention, elle a beaucoup de talent. Je vais vous lire une page que j'ai interceptée l'autre jour... »

Albane était tétanisée, tremblante. Avait-il fouillé dans sa chambre ? Avait-il trouvé son journal intime ? Était-ce à ça qu'il faisait allusion ?

« Le texte dont je parle est un poème que tu as oublié sur la table basse la semaine dernière. C'est très émouvant, vous allez voir, Ivan... »

Un rictus sarcastique aux lèvres, les yeux brûlant d'un feu de méchanceté, Hugo alluma lentement sa pipe. Après deux profondes bouffées, il glissa une main sous sa veste, vers la poche intérieure. Il en tira un papier plié en quatre.

« Il est question des intermittences du cœur, à croire qu'elle est amoureuse... Écoutez-moi ça, ça va vous fendre le cœur. »

Le regard d'Ivan croisa celui d'Albane, interdite et livide. Elle l'implorait d'intervenir. Ce qu'il fit.

« Ah, mais je vois de quoi vous parlez... Inutile de me lire ça. C'est le fruit d'une de nos séances de travail. Albane pensait qu'un des personnages féminins de *L'Amour moderne* pourrait être une poétesse – la poésie est un genre littéraire qui revient en force chez les jeunes... On a tenté ensemble un pastiche. Redonnez-moi ce brouillon, on verra si on le conserve ou non. »

Ivan fit discrètement signe à Albane qu'il allait partir. Hugo remplit son verre pour le retenir.

« Restez cinq minutes, cher ami ! J'ai une bonne nouvelle à vous annoncer. Le manuscrit dont je vous avais parlé, celui de votre ex, eh bien, j'ai eu l'éditeur au téléphone depuis… Il m'a assuré que je pourrai le modifier à ma guise. Il m'est redevable de pas mal de choses comme vous le savez, et en échange je lui donnerai en plus les Mémoires d'un acteur dont je ne peux pas vous révéler le nom, là – du très lourd.

— Je vous en suis reconnaissant.

— J'oubliais… Pour *L'Amour moderne*, j'ai une piste à vous suggérer. Avez-vous prévu d'y intégrer les relations mère-fille ? Sur ce point, n'hésitez pas à puiser dans la vie d'Albane. Notre Léopoldine m'a toujours dit qu'elle est la meilleure des mamans… »

Michel savait que c'était le talon d'Achille d'Albane. Il n'avait pas été l'un de ces pères modernes qui vont chez le pédiatre et promènent des poussettes dans les parcs. Albane et lui ne faisaient pas encore chambre à part à l'époque de la naissance de Léopoldine. Les premiers mois, Michel trouvait la petite invivable. Elle braillait, il n'en dormait plus. Malgré leurs larges moyens, il s'était opposé à ce qu'ils engagent des nounous de nuit, estimant qu'Albane avait à « fignoler le lien maternel ». Lui devait être en forme pour ses rendez-vous professionnels du lendemain. Il se bouclait dans leur chambre et envoyait Albane au salon avec le bébé hurlant. Les années avaient passé. Pendant les tournages d'Albane en province et à l'étranger, Michel avait gâté Léopoldine, plus encore quand elle était devenue une ravissante adolescente. Elle admirait la force de travail de son père et gardait une colère froide envers sa mère, cette femme évanescente.

Albane posa une main sur son front.

« Pardonnez-moi, j'ai une migraine qui monte depuis tout à l'heure, je vais me reposer… »

Michel tira sur sa pipe.

« C'est son côté princesse de Clèves : elle est fragile ! »

Ivan se leva.

« Je connais ça – je souffre moi aussi régulièrement de maux de tête infernaux. Je vais y aller. Notre discussion de tout à l'heure va me permettre d'avancer. Je pars avec *La Jalousie*, merci encore pour cette bonne idée ! »

Il embrassa Albane le plus pudiquement possible. Hugo le conduisit à la porte, puis retrouva au salon son épouse décomposée.

« Pas mal du tout, ton interprétation de la migraine. Ça pourrait presque te valoir un autre César.

— Michel…

— Je ne sais pas ce que vous avez, toi et l'autre, là, le phénix flagada. Arrêtez de vous écouter ! C'est votre inactivité qui vous lessive. Il faudra bientôt vous rouler en fauteuil. »

Hugo attrapa Albane par le poignet, en serrant trop fort.

« Tu sais quoi ? Le week-end prochain, je t'emmène en voyage à Venise pour ton anniversaire. Ce n'est pas que tu le mérites, mais j'avais envie de partir. On prend l'Orient-Express et on dormira au Cipriani – j'ai réservé ma suite.

— Ce sera sans moi.

— Pardon ?

— Je n'irai pas à Venise avec toi.

— Madame voudrait reprendre sa liberté ? On joue à la fille émancipée alors qu'on ne sait pas improviser ? La critique va applaudir... Vas-y, fais-moi rêver, je te regarde ! »

Une baffe est partie. La première depuis longtemps.

« Au moins tu sauras pourquoi tu as mal...

— ...

— On ne t'entend plus. Il faut que j'écrive ta réplique ? Que je t'envoie un scénario ?

— ...

— C'est comme ça que tu joues la comédie ? Chapeau, l'artiste ! On comprend mieux la baisse de fréquentation dans les cinémas ! »

Hugo sortit les billets de train de son portefeuille.

« Regarde : je ne te mens pas... »

Il les déchira en petits morceaux, qu'il lui jeta au visage.

« Tant pis pour la cabine dans l'Orient-Express, les places ne sont pas remboursables, mais ça passera en note de frais… Je te laisse appeler le Cipriani pour annuler la réservation ? Prendre un téléphone et passer un coup de fil, tu sais encore le faire, ou il faut que je demande à un cascadeur ? »

16

Le grand saut attendra

Pour qu'Albane et Ivan puissent passer aux choses sérieuses, une adresse s'imposa : le square Pétrarque. Albane s'y présenta un jeudi soir, avec le chapeau et le trench du Lutetia, des lunettes de soleil et un carré Hermès noué en foulard. Ivan avait rangé son appartement et mis au frais une bouteille de Bollinger.

« C'est calme, ton coin.

— Il paraît qu'Yves Saint Laurent a loué un studio dans l'allée quand il avait vingt ans et qu'il débutait comme assistant de Christian Dior... Aujourd'hui, la clinique de chirurgie esthétique draine quelques momies, mais ça va, on est peinards. Pose tes affaires où tu veux, fais comme chez toi. Tu veux boire quelque chose ? »

Alors qu'elle enlevait son manteau en inspectant les lieux, il sortit le champagne et deux flûtes.

« Ça me fait toujours bizarre de traverser la Seine.

— Comment ça ?

— Quand on passe de la rive gauche à la rive droite, on sent comme une variation de climat.

— Le pire, c'est le décalage horaire. On est dans le cirage pendant deux jours dès qu'on traverse le pont Alexandre-III.

— Tu te moques de moi…

— Pas le moins du monde. Allez, assieds-toi. Tu n'as rien contre un peu de musique ? »

Ivan avait conservé une platine. Il jeta un œil dans ses vinyles et choisit une compilation de Boris Vian. Ce Bollinger, ce n'était pas n'importe quel jaja. Pour le reste, les paroles de *Je bois* s'accordaient avec certaines de leurs interrogations actuelles.

La vie est-elle tellement marrante ?
La vie est-elle tellement vivante ?
Je pose ces deux questions
La vie vaut-elle d'être vécue ?
L'amour vaut-il qu'on soit cocu ?
Je pose ces deux questions
Auxquelles personne ne répond

Albane n'avait pas l'air dans son assiette. Qu'est-ce que c'était que cette phrase sur la rive droite et la rive gauche ? La conversation, cette fois-ci, n'était pas du tout naturelle. Ivan se lança dans un monologue sur la vie de Vian, les épreuves du trompettiste mort à trente-neuf ans, son âge bientôt… Albane ne l'écoutait pas. Elle montra du doigt cinq raquettes de tennis en bois qu'il avait disposées en éventail sur un mur du salon, à côté d'une bibliothèque.

« Tu es un fétichiste des vieilles raquettes ?

— Celle à gauche est collector : c'est le modèle dont se servaient les frères Baddeley à Wimbledon dans les années 1890. Celle au milieu, une Dunlop, est bien plus récente. John McEnroe l'utilisait jusqu'en 1982...

— Tu as beaucoup joué toi-même ?

— Pas mal quand j'étais petit. Avec un prof... *particulier*, disons.

— J'étais fan de Monica Seles. J'ai arrêté de suivre le tennis après son terrible accident, en 1993. Tu es plus jeune que moi. Tu vois de quoi je parle ? »

S'il s'en souvenait... Ce sport le passionnait, alors - c'était l'époque où, tous les samedis, Paul Dubois l'emmenait jouer au Tennis Club du XVIe. Le 30 avril 1993, Ivan regardait les informations avec ses parents, retardant l'heure d'aller se coucher. Il y avait eu un bref reportage sur l'incident du jour, survenu au tournoi de Hambourg. Seles, dix-neuf ans, écrasait la concurrence. Où s'arrêterait-elle ? Au vu de sa précocité, tous les records étaient appelés à tomber. Ce jour-là, la gauchère yougoslave était encore en train de laminer une adversaire quand un ouvrier au chômage du nom de Günter Parche avait jugé bon de mettre le holà. Il avait attendu le deuxième set. Seles était assise à un changement de côté lorsque le déséquilibré s'était approché de sa chaise, un couteau de cuisine à la main. Il avait poignardé la championne entre les omoplates. Elle s'était levée d'un réflexe, une large tache de sang dans le dos, sur son polo blanc. Elle avait titubé un peu, avant de s'allonger sur la terre battue. La sidération parcourait les gradins. On avait fini par la sortir sur un brancard. Après une dépression de plus de deux ans, Seles était revenue sur les courts, sans jamais retrouver son niveau. Les images inconcevables de son agression s'étaient imprimées sur les rétines d'Ivan.

« J'ai depuis longtemps le sentiment qu'il y a eu une malédiction autour de ces années-là, 1993 et 1994 - avec un climax en 1994.

— Comment ça ?

— Sais-tu que Monica Seles a été poignardée la veille du suicide de Pierre Bérégovoy ?

— Je n'avais pas fait le rapprochement.

— En 1994, François de Grossouvre s'est flingué moins d'un mois avant la sortie de route fatale d'Ayrton Senna, qui s'est tué un 1er mai, jour anniversaire du décès de Bérégovoy...

— Tu peux y voir une vague coïncidence, mais ça ne veut rien dire.

— Ajoute le suicide de Kurt Cobain et celui de Guy Debord, la Bosnie-Herzégovine, le génocide au Rwanda... Ça fait beaucoup !

— Des guerres, des crimes et des suicides, il y en a tout le temps, ce n'est pas ça qui distingue l'année 1994 des autres.

— Il est vrai que j'ai un rapport spécial avec cette année 1994 : il y a eu un fait divers dans mon école... »

Ivan était face à un autre grand saut. Il devait se lancer, c'était le moment ou jamais. S'il ne parlait pas maintenant d'Alexis à Albane, il ne le ferait pas.

Il lui délivra sa version de l'histoire. Elle ne perdait pas une miette de son récit, le relançait, lui demandait des précisions. Après ce déballage, elle était aussi blême que Seles trente ans auparavant à Hambourg. Ivan se sentait dans cette position désagréable où l'on ne peut être que maladroit. Il saisit la bouteille en sachant qu'il allait dire une sottise.

« Tu veux encore un peu de champagne ?

— Non merci, ça va aller.

— Je suis désolé de t'avoir raconté tout ça.

— Ne t'excuse pas. Il y a quand même un point que je ne comprends pas... Pourquoi vis-tu toujours ici, à deux cents mètres de la villa Vermeer ?

— Où voudrais-tu que je vive ?

— Il n'y a pas que le square Pétrarque, à Paris. Tu n'as jamais songé à déménager ? L'oubli est un leurre, et je ne te parle pas de nouveau départ ou de seconde chance, mais tu pourrais au moins prendre le large au lieu de tourner en rond dans ce quartier... C'est malsain, tu ne trouves pas ?

— Je ne sais pas. J'ai toujours été aimanté par le passé. »

Albane lui sourit tristement. Elle reprit son sac à main, son chapeau, son trench et son foulard, et se dirigea vers la porte.

« Ce n'était pas une bonne idée que je vienne ici, je le savais… Trop de mauvaises ondes.

— On peut s'arrêter là, si tu n'es pas à l'aise. Je ne te forcerai pas à *faire le grand saut*, comme tu disais chez toi. Je comprends très bien.

— Ce n'est pas ça… »

Debout sur le paillasson, elle se mordillait l'intérieur des lèvres.

« Cette femme dont tu parlais, celle que son mari a tuée en 1994…

— Oui ?

— C'était ma sœur. »

17

L'envers du paradis

Comment réagir ? Si Ivan n'avait pas l'air de tomber des nues, Albane s'imaginerait qu'il était au courant et la manipulait depuis des mois – et ça pourrait être la fin de leur histoire. Ivan resta bouche bée. Puis il attrapa une veste et proposa à Albane qu'ils sortent marcher.

Dehors, on aurait dit deux somnambules. Ils laissèrent leurs pas les guider rue Scheffer. Ils passèrent d'abord devant l'immeuble où était morte la poétesse Anna de Noailles. À l'angle de la rue du Pasteur-Marc-Boegner se dressait une grande maison qui intriguait Ivan depuis le primaire : qui pouvait y vivre ? Juste derrière se trouvait la Fondation Singer-Polignac, où Ivan allait parfois assister à des conférences. Sur la gauche, rue Cortambert, juste avant l'église protestante, un petit hôtel particulier à bow-windows le faisait fantasmer – pas à vendre. Ivan racontait tout ça pour meubler, ne craignant que trop la conversation douloureuse qui les attendait. Plus bas, rue Scheffer, un drapeau vert, jaune et rouge flottait toujours sur la façade de l'ancienne ambassade du Congo. Si Albane et Ivan avaient continué tout droit, ils seraient arrivés avenue Henri-Martin, et là à la mairie du XVIe, où lui s'était marié civilement la veille de la cérémonie religieuse à Saint-Roch… Ils n'allèrent pas si loin.

La haute grille noire en fer forgé les stoppa d'autorité. Les événements qui s'y étaient déroulés lui donnaient une aura particulière. Ce poste-frontière séparait Ivan et Albane de l'enfer. Bien qu'adultes, ils frissonnaient comme deux enfants d'un conte de fées arrivant aux abords du château d'une sorcière. Ils levèrent la tête. C'était écrit au milieu de la grille néogothique, en grandes lettres d'or phosphorescentes dans la nuit, un halo :

VILLA VERMEER

Il y avait eu un couvent, ici, longtemps avant qu'on y perce cette voie privée à la fin du XIXe. Albane et Ivan n'avaient pas le code, et à cette heure tardive, a priori, aucun riverain ne rentrerait du bureau ou d'ailleurs. Et eux, voulaient-il vraiment y retourner ? Leurs souvenirs leur serviraient à crocheter mentalement les serrures, cela leur suffirait. Albane ouvrit le bal.

Le marquis de Coulommes avait eu trois filles, de deux lits différents : Céline en 1954 et Marie en

1956 ; puis Albane bien plus tard, en 1975 – Albane Blanzac était un pseudonyme qu'elle avait pris au début de sa carrière de mannequin, à la demande de son père. Monsieur le marquis était ce qu'on appelait jadis un homme à femmes. Il se servait de sa carrière comme paravent, dissimulant ses aventures sous des déplacements – des voyages d'affaires qui l'emmenaient vers des palaces parisiens plus souvent qu'en province. L'héritage qu'avait reçu sa première épouse avait permis à Coulommes de refaire la toiture de son château solognot et de flamber un moment. La marquise était unanimement jugée infernale, mais lui s'en moquait auprès de ses amis : « J'ai choisi de faire contre grande fortune bon cœur. »

Lassée de ses multiples coucheries, Madame avait fini par le jeter dehors. Le marquis avait vécu aux crochets d'une ou deux autres rentières avant de se remarier avec une fille beaucoup plus jeune et nettement moins riche. « J'ai choisi l'amour véritable et les logements sociaux », disait ce plaisantin qui habitait quand même rue de Grenelle, certes dans un petit trois-pièces. Albane y avait grandi, couvée par ses deux demi-sœurs. Céline et Marie ne vivaient pas sous le même toit, mais venaient souvent prendre la cadette le week-end. Céline avait de mauvaises fréquentations. Marie, à l'inverse, servait à Albane de sœur protectrice. Plus simple et plus attentive que Céline, elle donnait l'apparence d'une jeune fille rangée. L'inconduite de son père l'avait blessée, elle rêvait d'un saint-cyrien stable et d'une famille nombreuse.

Fils d'un militaire en garnison là-bas, Paul Dubois, lui, avait vu le jour à Aubagne, aîné de cinq frères. Originaire de la région, leur mère espérait que, sur le nombre, l'un de ses fils deviendrait moine à l'abbaye de Sénanque, à une centaine de kilomètres de chez eux. Elle voulait tant les offrir à Dieu. Le scoutisme et le mythe de la Légion étrangère avaient mis d'autres idées dans la tête de Paul. Sa bibliothèque d'adolescent débordait des romans de Guy de Larigaudie et de Jean Lartéguy, une vieille carte de l'Indochine recouvrait un mur de sa chambre. Il voulait se battre pour la grandeur de la France – d'ici là, il terrassait ses frangins au tennis. À l'âge de quatorze ans, il était entré au Prytanée national militaire de La Flèche, en Anjou, à l'autre bout du pays. Dans ce lycée historique fondé par Henri IV, encore non mixte, Dubois n'avait pas goûté la douceur angevine chère à Du Bellay ; il y avait appris le bizutage et les brimades, les vertus supposées d'une discipline de fer, la profonde mélancolie des pensionnats. À son sujet, les anciens internes de La Flèche se rappelleraient ses prédispositions pour le sport et son intelligence supérieure. Une faille s'était creusée dans son cœur : avec des camarades venus de familles parfois huppées, Dubois avait découvert une bourgeoisie qu'il ne soupçonnait pas. Paris s'était mis à l'obséder. Il s'était composé un personnage en gommant l'accent chantant qu'il tenait de sa mère.

Plein d'usage et raison, il n'était pas retourné vivre entre ses parents le reste de son âge. Après le bac, Dubois avait préparé à La Flèche les concours aux grandes écoles. Il avait été reçu à Polytechnique avec un bon classement. L'école se trouvait encore sur la montagne Sainte-Geneviève. L'étudiant, dandy dans le style de Drieu la Rochelle, ne pensait qu'à s'habiller avec soin, à sortir, à draguer et, qui sait, à rencontrer la femme de sa vie. Ce qui fut fait à l'été 1979, au mariage d'amis communs de Paul Dubois et Marie de Coulommes. Le mari étant un camarade de promo de Paul, il avait demandé à ce dernier de participer à la voûte d'acier devant l'église. C'est là que Marie avait vu pour la première fois l'homme qui l'assassinerait quinze ans plus tard : la taille bien prise dans son uniforme rouge et noir de polytechnicien, fier sous son bicorne, dressant son épée au-dessus des jeunes époux. Marie et Paul avaient été présentés pendant le cocktail, ils s'étaient retrouvés à la même table au dîner qui avait suivi – puis lors de la soirée, s'imaginait Ivan, ils avaient marché ensemble dans le parc, à l'écart…

Entreprenant et beau parleur, Paul avait mené auprès de Marie une cour assidue durant tout l'automne. En décembre, ils étaient partis réveillonner à Courchevel, chez une cousine de Marie. La neige était bonne. En haut d'une piste, Paul avait sorti une bague de fiançailles de son pantalon de ski. Cela n'avait pas plu du tout au marquis de Coulommes. Monsieur Dubois en un seul mot ? Il se bouchait le nez et criait à la mésalliance, même si son diplôme valait bien une demi-particule. La mère de Marie avait rabattu le caquet du marquis : c'était elle qui paierait la réception chez lui en Sologne. Ils s'étaient rabibochés pour l'occasion. Une grande tente avait été plantée dans le jardin du château, et l'ex-marquise avait réglé tous les frais. Un an après leur rencontre, en juillet 1980, Paul et Marie s'étaient mariés. Ils avaient eu droit à leur tour à une voûte d'acier. Albane, cinq ans à l'époque, était petite fille d'honneur. Elle gardait un souvenir précis des derniers préparatifs, une heure avant la cérémonie. Marie lui avait fait une tresse. Vêtue d'une robe à smocks et col claudine, Albane avait quêté avec un panier en osier. Sur le parvis, elle serrait fort la main de sa grande sœur. Elle avait levé les yeux au ciel. Les polytechniciens commençaient à trembler, avec leurs épées en l'air. Il était temps que les photos s'arrêtent, ils ne tenaient plus.

Si le père de Marie était fauché, sa mère restait richissime. Elle voulait à tout prix loger ses filles. Comme cadeau de mariage à Marie, elle lui avait offert cette maison située villa Vermeer. De retour de leur voyage de noces entre la Tanzanie et Zanzibar, elle et Paul s'y étaient installés. Le safari et la plongée sous-marine les avaient émerveillés. Ils avaient aménagé leur cocon avec le même enthousiasme. Ils avaient la vie devant eux.

Albane marqua une pause dans son récit.

« Voici pour le versant idyllique de l'histoire. En vérité, à ce stade, il y avait déjà des aspérités… »

L'opaque Paul Dubois était évasif quant à sa famille. Il prétendait que l'un de ses deux grands-pères avait été l'un des premiers à se rendre en Égypte sur les pyramides – il s'enorgueillissait de cette histoire insignifiante. Pour le reste, motus. Il ne parlait jamais de son père, ou alors pour en dire du mal et changer de sujet aussi vite que possible. Avait-il été victime de violences au sein de sa famille, voire d'attouchements à l'adolescence, au Prytanée de La Flèche ? À cause d'indices égrenés dans sa conversation, Céline s'était posé la question rétrospectivement. Après tout, n'était-ce pas la norme dans les lycées de garçons ? Albane refusait de tomber dans la psychologie de bazar.

Sur les bancs de Polytechnique, Dubois était revenu de ses rêves militaires d'enfance. Même les généraux avaient perdu de leur prestige social. Lui tenait à s'élever. Il aurait pu aller dans la finance, il avait choisi la fonction publique, malgré son échec au concours de l'ENA. Il avait fricoté un temps avec la fille d'un ministre, qu'il avait même demandée en mariage. Quand cette dernière lui avait présenté sa famille, Paul s'était raidi : le frère aîné était lourdement handicapé – et le handicap, quel qu'il soit, était la hantise de Paul. Il avait rompu immédiatement. Appelée à témoigner après le drame, cette ex avait raconté que, en la plaquant, Dubois lui avait asséné cette phrase : « Qu'aurais-je fait avec toi ? Tu n'avais même pas tant d'argent que ça. » Il montrait un double visage : charmant un jour, cassant le lendemain, soufflant sans cesse le chaud et le froid. On ne parlait pas encore, dans les années 1980, des pervers narcissiques et autres insaisissables filous…

En séduisant Marie, Paul avait atteint le Graal : un beau mariage d'intérêt. Avec un homme aussi vénal, le ver était dans le fruit. Son épouse, bien qu'ingénue, s'était vite aperçue qu'il n'y avait pas loin de la bague au doigt à la corde au cou. Dès leur arrivée villa Vermeer, Dubois avait décrété qu'il ne paierait rien, aucune course, aucune charge : n'ayant pas de patrimoine, il devait s'en constituer un en épargnant. Par la suite, et jusqu'au bout, il lui ferait payer sa fortune. Marie avait accepté ce pacte tacite, soutenant sa carrière, qu'il voulait plus que clinquante. Dans les dîners bourgeois où elle le sortait, il mentait sur ses origines et ses fonctions – mauvais calcul, puisque les autres invités vérifiaient ses dires… Après un passage au Trésor, Paul avait été engagé comme conseiller à l'Élysée. Il y avait travaillé un moment pour François de Grossouvre, avant de changer de service. Son beau-père, marquis talon rouge pour qui les derniers hommes dignes d'être anoblis étaient les compagnons de la Libération, tournait en dérision l'élite technocratique et se moquait copieusement de ce « gendre socialiste ». La naissance de Donatien en 1982 puis celle de Philippe en 1983 n'avaient pas suffi à ce qu'il soit accepté. Tentant de se fondre dans le décor, Dubois était allé jusqu'à passer son permis de chasse pour pouvoir briller en Sologne. Il en revenait bredouille.

Le premier vrai virage avait eu lieu en 1984, quand Marie avait mis au monde une fille, Nathalie, atteinte d'une maladie orpheline. Elle n'avait vécu que deux mois. La vieille phobie de Paul était remontée à la surface. Il ne pouvait pas être le père d'un tel enfant. Marie l'avait trompé. Déjà inconstant, Paul était devenu violent. De cette épouse supposée adultère, et en vérité épuisée par ses grossesses à répétition, il avait exigé un autre bébé, lui imposant le devoir conjugal trois ou quatre fois par semaine. C'est ainsi qu'Alexis était né en 1985. Cela n'avait pas suffi à calmer Dubois. Jusqu'en 1994, il attribuerait à Marie des foules d'amants virtuels successifs – une bonne raison d'espionner sa femme, de contrôler ses conversations téléphoniques, de vérifier ses dépenses, de fouiller son courrier…

« Cette voie privée n'est pas aussi paradisiaque qu'elle en a l'air.

— En effet.

— Mon père en plaisantait ainsi alors, sans imaginer jusqu'où ça irait : quelle idée avait eue Marie de s'installer dans une impasse ? »

La grille en fer forgé n'avait pas encore livré toutes ses révélations. Albane marqua une nouvelle pause.

« Tu te souviens du tableau qui était dans le salon ?

— Celui de la famille catho de droite idéale, avec sourires forcés et pulls sur les épaules ?

— Oui. C'est à ce moment-là que ça a vraiment dégénéré. »

En 1992, Albane avait fêté ses dix-sept ans. Marie ayant à demeure Emily, la nurse anglaise, elle n'avait pas besoin d'une nounou en plus. Mais, ses trois fils préférant être gardés par leur jeune tante, elle faisait parfois appel à Albane pour du baby-sitting le samedi soir. Ainsi était-elle souvent placée aux premières loges des disputes des Dubois.

Cette même année 1992, Marie avait voulu faire peindre son couple et leurs enfants. Des gens de confiance lui avaient conseillé de s'adresser à un certain Octave, qui faisait ça très bien. Octave portait l'un des plus jolis noms de la noblesse d'Empire – il descendait du duc de Marengo. Ancien élève des Beaux-Arts, il avait ambitionné d'être un artiste torturé, à la Van Gogh, avant d'accepter pour gagner sa vie d'enchaîner contre un bon prix les représentations des bourgeois du jour, à la Ingres. On se l'arrachait dans le XVIe arrondissement. Il lui arrivait de bâcler. Pour les Dubois, il s'était appliqué et surpassé, trouvant dans la lumière et les tons pastel une sérénité étonnante qui donnait le sentiment d'une famille bénie des dieux, en suspension dans un éternel printemps.

Sitôt la toile fixée au mur, bien en vue dans le salon, Paul s'était mis martel en tête : cet Octave devait avoir une liaison avec Marie. Cet amant était de sa condition, et ses absences s'expliquaient mieux : elle n'allait pas prendre le thé chez sa mère, mais poser nue, et bien plus et bien pire que cela, dans l'atelier que le Priape des pinceaux louait vers Denfert-Rochereau. Un jour de 1993, alors qu'il rentrait à l'improviste à l'heure du déjeuner, le cocu imaginaire avait surpris sa femme à table avec Octave. Elle avait sorti l'argenterie et un bon vin. Cette vision avait achevé de convaincre Paul de l'infidélité de sa femme. Villa Vermeer, les gifles s'étaient mises à fuser. Paul fliquait Marie et la battait comme plâtre. Des scènes éclataient parfois tard le samedi, lorsqu'ils libéraient Albane de ses baby-sittings. En attendant le retour de sa marraine, elle était déjà mal à l'aise. Tout ici sentait le bonheur factice : la toile du salon, ainsi que les photos encadrées sur les commodes – dont une du mariage, une autre de Paul dans son uniforme de polytechnicien quand il avait défilé sur les Champs-Élysées le 14 Juillet, encore une où il exhibait son fusil de chasse… Rentré ivre de leur dîner du soir, Paul rabaissait Marie, la rudoyait, voire l'injuriait. Marie esquivait en disant qu'elle devait raccompagner sa filleule chez elle ; ensemble, elles s'échappaient. Les trajets se passaient dans le plus grand silence. Marie était parfois au bord des larmes, mais la sœur aînée jugeait plus digne de sauver les apparences. Elle souriait à sa cadette en la déposant rue de Grenelle, lui adressant ensuite un signe à travers la vitre de la voiture. Albane en avait parlé et reparlé à leur père. Comme toujours, *never complain, never explain*, il avait balayé ses craintes d'un revers de la main, ironisant sur la mauvaise éducation de

« ce rustre de Dubois ». Un monstre grossissait, et personne n'en prenait la mesure.

On croit que ça n'arrive que dans les romans, et pas dans les meilleurs. Écouter Albane donnait à Ivan l'impression de tourner les pages d'un livre qu'il aurait lu trop tôt, enfant, et qu'il reprenait à l'âge d'homme, la conscience moins embrumée. Quand on connaissait l'inéluctable fin, tout paraissait logique, et même couru d'avance. Se dire que Paul Dubois avait appris à tirer pour plaire à sa belle-famille, et que sa femme lui avait offert son premier fusil pour son anniversaire… Elle l'avait pris en photo alors qu'il soufflait les bougies, l'arme posée sur la table de la salle à manger, au milieu du papier cadeau déchiré.

Après son passage à l'Élysée, Paul avait monté une boîte qui n'avait pas marché. Il prétendait qu'elle cartonnait et cachait à son épouse l'emprunt qu'il avait contracté – un gouffre. Il mettait sa tristesse sur le dos du peintre et, cyclothymique, faisait des chantages au suicide, menaçant de se foutre en l'air si Marie ne lui avouait pas la vérité sur sa passade avec Octave. Celle-ci avait fini par s'en inquiéter et par lui supprimer ses armes à feu, qu'elle avait cachées dans le château de son père. Paul n'en avait pas besoin pour la frapper. Une fois, fin 1993, il l'avait repoussée si fort qu'elle avait failli tomber du balcon du premier étage, retenue de justesse par la balustrade. Marie avait déposé une main courante, ce qui, chez une femme comme elle, traduisait une vraie panique. Elle avait pris un avocat pour entamer une procédure de divorce. Elle ne dormait plus chez elle, mais chez sa mère. La nurse Emily restait à la maison la nuit, pour veiller, et Marie réapparaissait de bon matin, à l'heure du petit déjeuner. Donatien, Philippe et Alexis ne se doutaient de rien. Marie les déposait à Loyola, les embrassait sur la tête en leur souhaitant une bonne journée, puis rentrait villa Vermeer se ronger les sangs. Enfermée dans sa chambre, elle fondait en larmes. Comment se sortir de ce guêpier en ménageant ses enfants et en tenant son rang ? Elle se sentait piégée.

Début mai, il y avait eu un rendez-vous de conciliation qui s'était relativement bien passé. Marie mettait au point une nouvelle organisation pour la rentrée suivante, en donnant à Paul l'été pour déménager. L'horizon s'éclaircissait un peu... Ils étaient allés en Sologne en famille pour le week-end de l'Ascension. Paul s'était montré affable dans un premier temps. Puis il avait pris son beau-père à part pour lui parler d'Octave et des autres, en pleurnichant et en se présentant sous son meilleur jour, celui d'un époux trompé qui avait cru à leur union devant Dieu. Avec des accents shakespeariens, il avait maudit le mariage, qui nous fait dire nôtre une jolie femme, mais n'enchaîne pas ses désirs. Auprès de Paul, l'épouse la plus pure aurait été souillée par la calomnie. Le dimanche après-midi, alors que père et fille étaient allés marcher en forêt, Paul s'était proposé de préparer les affaires pour leur retour à

Paris le soir. Il avait farfouillé, retrouvé ses armes et dissimulé un fusil dans le coffre de sa voiture – celui dont il se servirait trois jours plus tard.

Malgré le tourbillon de plus en plus incontrôlable de sa paranoïa, Paul avait été rusé et patient, pour mieux répandre le sang. Ce sinistre 18 mai 1994, la sentence était tombée brutalement : la dévergondée allait devoir expier ses infidélités. Il s'était débarrassé de cette démone en la tirant à bout portant. Redescendu au salon, soyons précis, il n'avait pas mélangé calmants et somnifères, comme Ivan le croyait : il s'était envoyé dans le cornet sept boîtes de Valium et les trois quarts d'une bouteille de whisky, de la marque appartenant à la famille maternelle de Marie.

Un personnage secondaire auquel Ivan n'avait jusque-là jamais accordé la moindre importance ressortait du récit d'Albane : Octave.

« A-t-on su le fin mot de l'histoire, à propos du peintre ?

— Non. Marie aurait eu raison de prendre un amant, c'était de bonne guerre, tout le monde chez nous aurait compris. Mais cet Octave s'est révélé plus muet qu'une carpe…

— Comment ça ?

— Il était marié, lui aussi. Quand Marie est morte, sa femme légitime attendait leur deuxième enfant. Il n'a jamais rien voulu nous raconter, ni à Céline ni à moi. Lorsqu'il a été appelé à témoigner, lors du procès, il est resté vague et laconique, absent, parlant de la séance de pose pour le tableau du salon, insistant sur la bonne impression que Paul lui avait faite… Je ne lui jette pas la pierre. Imagine qu'il était bien l'amant de Marie : que pouvait-il dire publiquement ? En avouant, il aurait entaché la mémoire de Marie, femme adultère, et presque excusé Paul. On y aurait vu le motif d'un crime passionnel. Quant à Octave, il aurait pris le risque de faire exploser sa famille… En niant et en se dérobant, il sauvait au moins son mariage. Un parjure répréhensible aux yeux de la justice, mais compréhensible à ceux des hommes. »

Avec ce procès, en septembre 1997, on était allé encore plus loin dans le chaos. Après avoir récusé trois ou quatre avocats commis d'office, Paul Dubois avait voulu assurer sa défense lui-même. Il était intenable dans le box, peu doué pour la plaidoirie. Son divorce le tourmentait plus que ses crimes. Il évitait les faits pour se concentrer sur leur périphérie. En s'appuyant sur un carton rempli de notes, laissant libre cours à son côté psychorigide et colérique, il s'était lancé dans une diatribe torrentielle visant sa femme et ses beaux-parents, ces trois « traîtres ». Il imputait le fiasco de son mariage aux « tromperies » (au pluriel) de Marie – il le clamait haut et fort, l'index en l'air. À la mort de la petite Nathalie, leur fille handicapée, en 1984, un « expert » (mais quel expert ? un expert de quoi ?) lui avait soutenu qu'elle n'était pas de lui. N'était-ce pas la preuve irréfutable de la mauvaise vie de Marie ? Le second épouvantail était le marquis de Coulommes. Il l'avait toujours méprisé et lui avait prodigué de mauvais conseils professionnels, dont celui de monter sa boîte. Il souhaitait son échec, il lui avait savonné la planche. Dubois était cafouilleux. Par moments, des propos se détachaient. Ainsi quand il avait expliqué sa peur du divorce : « Je ne supportais pas l'idée de vivre seul sans mes enfants. Je n'ai vu qu'une solution : qu'on disparaisse tous. J'ai donc décidé de tuer toute ma famille et de me suicider ensuite. » Ou quand il avait rapporté que, alors qu'il allait tirer sur Alexis, son plus jeune fils lui avait dit : « Ne fais pas ça. Je t'aime, Papa. » À la suite de ces mots plus humains, Dubois était parti dans des éclats de rire incongrus, laissant éclater sa folie au grand jour, rappelant quel bon partenaire de tennis il était – on pouvait au moins lui reconnaître ça… Il avait vrillé, sa personnalité pathologique avait pris le dessus. Paul se prétendait persécuté, tout en malmenant lui-même la cohérence dans ses délires désaccordés. Où s'arrête un caractère exécrable ? Où commence la maladie mentale ?

« Plutôt que de chercher un sens à son discours décousu, il aurait fallu lui enfiler une camisole de force et l'envoyer immédiatement chez les aliénés… »

Albane ne répondit pas à ces propos expéditifs d'Ivan. Toute référence à un quelconque internement la mettait très mal à l'aise. Elle souleva un point, qui la touchait. Le psychologue de son seul neveu survivant, Philippe, avait raconté que, depuis le carnage, il flottait dans une forme d'indifférence affective. Lors des mois qui avaient suivi, quand on lui demandait un dessin, le frère d'Alexis rendait invariablement une jolie maison décorée pour Noël – elle était vide et au-dessus planait un très gros oiseau noir.

« Qu'est devenu Philippe ?

— Il a été adopté par une tante écossaise du côté de sa grand-mère maternelle. Il travaille à Glasgow. Je ne me rappelle même pas la dernière fois que je l'ai vu. Il n'a plus mis les pieds en France depuis des années… »

Aucune voiture ne circulait rue Louis-David ni rue Scheffer. On n'entendait pas un bruit, et Ivan ne savait pas très bien comment entretenir les braises de la conversation. À chaque phrase, il marchait sur des œufs.

« Je te trouve assez… comment dire… *indulgente* envers Dubois. J'ai l'impression que tu lui as pardonné.

— Avais-je un autre choix ? Toute cette histoire est un cauchemar dont je ne m'éveillerai jamais vraiment. Il y a trop de zones d'ombre. À part la miséricorde, je ne vois pas…

— J'ai souvent voulu écrire sur Alexis et son père. Je fais du théâtre par défaut, pour passer le temps, mais *Villa Vermeer*, voilà le récit secret que je porte en moi. C'est peut-être enfin le moment de m'y atteler.

— Quelle mauvaise idée ! Qui voudrait lire une histoire aussi glaçante ? Pire que ça : on croira que tu as brodé pour faire ton intéressant.

— Les gens adorent les faits divers. Et là, tu as ce truc en plus : l'envers du paradis, un bain de sang dans la haute…

— Ce serait indécent. Et malhonnête. L'écrivain fier de sa petite position de surplomb qui prétend nous apprendre la vie… Tu te crois l'égal de Truman Capote ?

— Non, mais…

— Tu n'as pas l'air de comprendre, ça me déçoit de ta part. Certains faits dépassent l'entendement. Je ne te parle pas des angles morts de la volonté divine, des tremblements de terre ou des inondations… Toi qui as divorcé, tu l'as vécu dans ta chair : notre propre intimité nous échappe. Nous ignorons quelles forces inconscientes nous gouvernent. Et que sais-tu vraiment de ma sœur ? J'étais là, moi. Je me souviens d'elle quand elle avait présenté Paul. Elle en était éperdument amoureuse. Elle s'était mariée trop vite, certes – quelques mois de fiançailles, ce n'était pas assez pour faire le tour de toutes les facettes de la folie de Paul. Mais personne ne l'avait poussée à se mettre avec lui. Tu me diras qu'elle aurait dû partir plus tôt, vu qu'elle ne dépendait pas de lui financièrement… Est-on si libre qu'on le claironne ? Même avec des menaces à répétition, comment aurait-elle pu imaginer qu'il finirait par disjoncter… Tu pourras refaire l'histoire mille fois, ça n'y changera rien : la complexité d'un couple, les ambiguïtés d'un mariage, tout ce qui se noue et tout ce qu'on tait, il y a trop de nuages mouvants, en perpétuelle métamorphose, pour qu'un livre puisse en figer sur le papier l'hypothétique vérité… »

Albane parlait-elle de sa sœur ou d'elle-même ? Ivan ne savait plus où se fourrer. Alors qu'ils ne s'y attendaient plus, la grille en fer forgé s'ouvrit en grinçant. Deux grands adolescents sortirent de la villa Vermeer. Ils se tenaient par la main et riaient. Les parents de l'un des deux devaient être absents. Ivan se souvint d'un ami de lycée qui recevait ainsi leur bande avenue de Breteuil quand il était seul chez lui. Il réchauffait des pizzas surgelées qu'il servait avec des vins extraordinaires piqués dans la cave bien fournie de son père. Ces deux gosses de riches avaient sans doute fait pareil et allaient rejoindre une nouba quelque part dans le quartier… En croisant le regard de la fille, Ivan se sentit vieux, comme quand, en prenant le train fin août, il se retrouvait assis dans un carré face à un très jeune couple – des gens à la peau brunie et aux cheveux blondis à la fin des vacances, sans soucis apparents, elle endormie avec sa tête sur son épaule à lui, tous les deux ignorant que ne durerait pas longtemps ce bel âge de promesses et de chagrins d'amour, d'auberges de jeunesse et de bains de minuit…

« Bonne soirée ! »

Albane et Ivan ne répondirent pas au garçon, qui s'éloigna avec sa copine, toujours aussi jovial. Ils n'avaient aucune idée de ce qui avait eu lieu là le 18 mai 1994, et on ne pouvait pas leur en vouloir.

Avant que la grille ne se referme, Ivan glissa un pied.

« On y va ? »

Albane resta muette un moment, puis elle regarda son téléphone.

« Je n'y tiens pas. Il est tard. Je vais rentrer chez moi… »

Elle resserra son foulard et commanda un taxi. Ivan la prit dans ses bras, puis la laissa partir. Se reverraient-ils ? Oui, bien sûr.

Ivan remonta seul la rue Scheffer, refaisant son pèlerinage habituel dans un silence de mort. En arrivant dans son salon, il tomba sur la bouteille de Bollinger. Elle avait tiédi et s'était éventée. Ivan la finit par principe plus que par plaisir. L'épuisement l'engourdissait, mais il était trop agité pour s'endormir. Dans le tiroir où il avait rangé ses souvenirs d'école, il chercha et retrouva une chemise cartonnée. Il y avait là toutes ses photos de classe du primaire. Il se concentra sur celle de l'année de CE2, qui avait dû être prise en avril, ou tout début mai 1994. Alexis se tenait à côté de lui, la tête haute.

18

De marbre

Les jours suivant cette soirée, Ivan repensa à Octave. Pourquoi ne pas le rencontrer ? Ses coordonnées furent faciles à trouver. Ivan lui écrivit en prétendant qu'il songeait à faire peindre son portrait pour l'offrir à sa mère. Rendez-vous fut pris.

Le jour dit, Ivan arriva boulevard Arago en avance. Au numéro 65, on entrait dans la Cité fleurie, où vécurent en d'autres temps Gauguin et Modigliani. Le cadre avait été préservé. Au fond de cette impasse étroite envahie par la végétation se trouvait une maisonnette de la taille d'une cabane : l'atelier d'Octave.

Il accueillit Ivan en lui tendant une main molle. Un grand type efflanqué dans les soixante-cinq ans, avec une chevalière à l'annulaire gauche, une peau diaphane, des lunettes d'écaille sur le bout du nez, des valises sous de beaux yeux verts et une tignasse de cheveux gris pas lavés depuis une semaine. Pieds nus dans des babouches en daim camel bousillées, il portait une chemise rose pâle assez largement ouverte, une veste de travail d'un bleu passé et un jean tacheté. Une douche n'aurait pas été superflue pour cet aristo déglingué.

« Ne faites pas attention au désordre... »

À l'intérieur de l'atelier, on respirait un mélange d'odeurs de peinture et de tabac froid. Octave s'alluma d'ailleurs une cigarette en invitant Ivan à avancer. Une corneille empaillée et des bois de cerf, une selle de sculpteur, des chevalets, des livres reliés, des bougies fondues, des cendriers partout, pas mal de bouteilles de cognac aussi, et ici et là des tableaux Empire représentant le même homme. Connaissant le pedigree du peintre, Ivan saisit l'occasion de le flatter.

« Votre ancêtre, j'imagine ?

— Lui-même. Je fais régulièrement une reproduction du portrait du maréchal. Mes gammes à moi... »

Il avait l'air plus que schlass. Parlait à deux à l'heure en tirant sur son mégot, avec une patate chaude dans la bouche. Malgré sa saleté, cet Octave avait de l'allure, de la branche – rien que sa manière de fumer était princière. On sentait qu'il avait dû être un aigle avant de tourner au vieil oiseau mazouté.

« Vous voulez prendre un verre ? J'ai surtout du cognac. Le dieu des alcools, non ? Même si ça tape... »

Ivan ne dit pas non. Ils s'assirent. Octave attrapa une bouteille de Courvoisier Napoléon et servit deux verres. Il tremblotait, calant sa gestuelle sur le rythme de sa voix chevrotante. Il ferma les yeux pour déguster son cognac. Et ne regardait pas Ivan quand il relança la conversation.

« Pas mal, non ? Alors... Le maréchal, c'est une chose. Votre portrait à vous, voilà de quoi nous devons discuter. Qui vous envoie ?

— Personne.

— Je veux dire : comment avez-vous entendu parler de moi ?

— Par une très bonne amie qui connaît vos travaux.

— Comment s'appelle-t-elle ?

— Je vous retrouverai son nom. »

Octave profita du blanc qui s'installait pour reprendre une gorgée de cognac.

« Un cadeau pour votre mère, m'écriviez-vous... Bon. Qu'avez-vous en tête ?

— Dans l'esprit, j'aimerais bien que ça rappelle ce tableau de Van Gogh, *Autoportrait à la pipe*.

— Son *Autoportrait à l'oreille bandée et à la pipe*, nous sommes d'accord ?

— Non ! Son *Autoportrait à la pipe* tout court. Sa toile de 1886. Une de mes œuvres préférées de tous les temps. Austère à mort. Avec ce teint blafard qu'a Van Gogh, ce côté christique, dostoïevskien...

— Je ne suis pas Van Gogh, vous savez ? Je préfère vous prévenir, que vous ne soyez pas déçu...

— Vous seriez plutôt Ingres ?

— Pardon ? »

Dans un coin de l'atelier, une porte ouvrait sur une autre pièce. L'entrebâillement laissait entrevoir un lit.

« Vous avez une chambre, ici ?

— Je reste parfois dormir, quand des finitions m'ont fait oublier l'heure…

— Et ça fait longtemps que vous êtes là ?

— Je n'ai pas bougé depuis que je me suis installé en 1987, à mon retour de la Villa Médicis. J'étais alors plein d'avenir. Quarante ans de peinture derrière moi ! Avec des hauts et des bas…

— Vous n'avez vraiment jamais eu d'autre adresse pour votre atelier ?

— Non, puisque je vous le dis… »

Ivan n'allait pas se lever et pousser la porte. Il s'imagina des cinq à sept juste là, à quelques mètres. Des soupirs et des draps froissés. La perspective enivrante d'une vie alternative. Entre 1992 et 1994, quand il avait fréquenté Paul et Marie, Octave n'avait pas encore la gueule de bois. Il était dans sa trentaine, roulait peut-être en décapotable, cheveux au vent. Le play-boy venait-il chercher Marie en voiture villa Vermeer pour la ramener boulevard Arago ? Était-ce ici qu'ils s'aimaient ? Il avait beau imaginer, Ivan demeurait sans la moindre certitude. Ou bien Octave avait été l'amant de Marie, anéanti par sa mort ; ou bien il n'avait été qu'un bon copain, et c'était différent. Avec ces deux versions en tête, Ivan se trouvait face aux labyrinthes de la fiction. La mère d'Alexis et son peintre aristo : une histoire d'amour aussi insondable que celle ayant lié Marie-Antoinette à Axel de Fersen. Nos vies sont volatiles, en constante évaporation. Ivan aurait aimé mettre la main sur quelque chose de tangible, au lieu de patauger dans la torpeur de cet endroit.

Le téléphone portable d'Octave sonna. Il regarda le nom qui s'affichait.

« Zut, je dois impérativement prendre cet appel. J'en ai pour dix bonnes minutes, je pense. Vous m'excusez ? »

Il se leva et s'enferma dans la chambre. Une dizaine de minutes ? Ce serait trop court pour qu'Ivan passe l'atelier au peigne fin. Son enquête serait brève. Quelle preuve pourrait-il trouver trente ans après les faits ? Il se mit quand même à sillonner les lieux, sans faire de bruit. Y avait-il quelque part une photo de Marie ? Aucun cadre ne correspondait. Par terre, une chance, les archives étaient classées par ordre chronologique, des plus récentes aux plus anciennes. Dans les années 1990, un carton à dessins était marqué d'un « M ». La tension monta d'un cran.

Ivan aurait-il le temps d'ouvrir ce carton à dessins ? Il ne voulait surtout pas être pris la main dans le sac. Derrière la porte, on entendait toujours le bruit indistinct d'une discussion téléphonique. Ivan avait bien une minute devant lui. Il tira sur les élastiques et regarda furtivement ce qui s'y cachait.

Des croquis, des encres… Une femme nue, de dos. Des profils flous. Sur une ébauche de toile, il reconnut enfin avec assurance le beau visage de la mère d'Alexis. L'œuvre était datée : mars 1994. Ivan rangea le carton à dessins et retourna à sa place.

Quand Octave sortit de la chambre, Ivan remarqua sur le bureau du peintre la photo d'un gandin de vingt ans qui lui ressemblait beaucoup.

« Votre fils ?

— Joachim, oui… Mon deuxième garçon.

— Artiste comme son père ?

— J'ignore ce qu'il serait devenu… Il commençait des études de lettres à la Sorbonne. Il a eu un accident…

— Je suis désolé.

— C'est ainsi : la vie nous confronte à des difficultés. La meilleure métaphore que j'aie trouvée reste celle d'un skieur tentant de descendre avec élégance une piste noire. On n'en voit pas le bout, de ce slalom géant. Mais parlons plutôt de vous, si vous le voulez bien. Je vous sens un peu gêné. Peut-être par les prix que je pratique. Avez-vous pu consulter mes tarifs ?

— Ne vous inquiétez pas : je peux m'offrir la fourchette la plus haute. C'est pour un cadeau, je ne compte pas.

— Bien. Van Gogh, donc. *Autoportrait à la pipe*, avec un côté Christ… Où voudriez-vous faire ça ? Ici ou à votre domicile, que je vous peigne dans votre décor ?

— Chez moi, ce serait mieux. J'habite square Pétrarque.

— Où ça ?

— Pas loin du cimetière de Passy, une voie privée qui donne dans la rue Scheffer, parallèle à la rue Louis-David.

— Ah… »

L'alcoolique décharné était toujours dans le coaltar, inerte et livide, marmoréen. Après un silence, la statue se remit à frétiller, avançant une main pour saisir une cigarette.

« Nous n'avons pas évoqué les délais. Je ne vous cache pas que je suis assez demandé…

— Je voudrais donner le tableau à ma mère à Noël.

— À Noël, dans trois semaines ?

— Oui.

— Oubliez. Mon carnet de commandes est plein jusqu'au début de l'année prochaine. Les affaires ne marchent pas si mal… Et j'aimerais exposer. Cela fait trop longtemps que je ne l'ai plus fait. On ne peut pas dire que les galeries se bousculent pour m'avoir, mais j'essaie de bloquer du temps pour peindre pour moi… »

Octave avait-il connu un âge d'or ? Selon Albane, son heure était passée depuis longtemps, elle n'avait même jamais eu lieu. Il semblait accablé, et le cognac n'apaisait rien.

« Quand est née votre mère ?

— Pourquoi me demandez-vous ça ?

— C'est trop court pour Noël. Mais vous pourriez aussi lui faire la surprise pour son prochain anniversaire…

— Bonne idée. Je vais y songer.

— Si vous en êtes d'accord, je serais plus à l'aise de vous peindre ici. Le XVIe n'est pas un quartier que j'aime. Si on fait un fond noir comme sur *Autoportrait à la pipe*, ce n'est pas la peine que je me déplace… »

Octave raccompagna Ivan sur le palier de l'atelier.

« Réfléchissez et rappelez-moi après les fêtes ? »

Octave tendit à nouveau une main molle et froide. En la serrant, Ivan eut l'impression qu'il aurait pu la briser – ce peintre en porcelaine serait alors tombé en mille morceaux à ses pieds.

19

Les forces de l'esprit

Le 31 décembre 1994, avant le dîner du réveillon, Ivan avait regardé, assis entre ses deux parents, les derniers vœux de Mitterrand. Une page se tournait : 1994 ne serait bientôt plus qu'un mauvais souvenir. Amaigri, verdâtre, la peau parcheminée, limite translucide, s'adressant au peuple comme déjà d'outre-tombe, le Président malade avait prononcé ces phrases :

> L'an prochain, ce sera mon successeur qui vous exprimera ses vœux. Là où je serai, je l'écouterai, le cœur plein de reconnaissance pour le peuple français qui m'aura si longtemps confié son destin, et plein d'espoir en vous. Je crois aux forces de l'esprit, et je ne vous quitterai pas. Je forme ce soir des vœux pour vous tous, en m'adressant d'abord à ceux qui souffrent, à ceux qui sont seuls, à ceux qui sont loin de chez eux. Bonne année, mes chers compatriotes.

Bonne année et longue vie ! Vive la République, et vive la France !

À côté de ses parents, aussi silencieux ce soir-là qu'ils l'avaient été lors de la mort d'Alexis, Ivan avait été saisi par l'aspect surnaturel de la séquence. Il était de coutume de juger Mitterrand florentin, alors qu'il était égyptien. Le vieux pharaon avait pesé chaque mot de son ultime déclaration avant d'aller jouir du repos éternel au fond d'un sarcophage – il mourrait treize mois plus tard, en janvier 1996, et Ivan gardait en mémoire la minute de silence que leur avait demandé d'observer leur instituteur de Loyola, un hussard noir de la République égaré chez les jésuites. Un hommage qui avait fait écho à celui rendu à Alexis sous le préau deux ans plus tôt.

Pendant ses vœux, Mitterrand devait penser à son ami Grossouvre comme Ivan songeait à Alexis. L'homme politique et le jeune garçon avaient chacun leur défunt, et c'est sans doute ce qui l'avait ému dans ce discours. Ivan ayant vu le jour sous le premier mandat de Mitterrand, ce dernier resterait à jamais son Président, de même que Jean-Paul II demeurerait son pape. Il nous faut une vie entière pour déchiffrer la pierre de Rosette de notre enfance. Dans la tête d'Ivan, les choses commençaient enfin à faire sens. Aimant la compagnie des spectres, il se mit à revoir en rêve la fascinante figure de François de Grossouvre, peut-être le personnage le plus romanesque de l'histoire de la Ve République...

Avec son crâne chauve et sa barbichette blanche taillée en pointe, Grossouvre avait de faux airs du duc de Guise et de Morny – de Michel Hugo aussi, auquel il ressemblait comme deux gouttes d'eau. Né à la fin de la guerre en 1918, issu de la fausse noblesse, il s'appelait à l'état civil François Durand de Grossouvre. Ce *Durand* a son importance. Très tôt, comme Paul Dubois, Grossouvre avait voulu être un autre. Richelieu ou rien ? Encore fallait-il trouver un potentiel monarque à conseiller. Il était entré dans sa vie en 1959 sous le nom de François Mitterrand. Un sphinx aux dents longues. À ses côtés, le riche Grossouvre desserrait de bonne grâce les cordons de sa bourse : au restaurant, en voyage ou quand il s'agissait de financer les campagnes, il payait tout au pingre homme politique. Une amitié passionnelle les liait. Amateur de tweeds anglais, Grossouvre avait un sens incontestable du style : canne-épée, capes et costumes croisés, pull-overs colorés assortis à ses chaussettes, toque de fourrure ou chapka de loup l'hiver, canotier l'été. Que cherchait à cacher ainsi ce maître en dissimulation ? Il aurait pu ranger Mitterrand et ses mensonges dans la doublure de l'une de ses vestes, tant il est vrai que nul plus que Grossouvre ne savait ce que le socialiste à francisque mettait sous le boisseau...

En 1974, quand Mitterrand avait eu sa fille naturelle, Mazarine, il avait choisi Grossouvre comme parrain. Où mener cette double vie ? Certains week-ends, Grossouvre ouvrait à sa filleule et à son père les portes de son petit château de Lusigny. Mitterrand se délassait dans la piscine et sur le court de tennis, tapant la balle en visant une cible : l'élection présidentielle de 1981.

Sitôt installé à l'Élysée, Mitterrand y avait appelé son fidèle Grossouvre. Quel était son rôle ? On chuchotait dans les couloirs du palais qu'il était le ministre de la vie privée du Président. Il avait récupéré un logement de fonction quai Branly, où il s'était installé avec une maîtresse bien plus jeune, Nicole, qu'il avait séduite un soir à la brasserie Lipp. Grossouvre retournait en fin de semaine dans l'Allier voir sa famille officielle. Quai Branly, son appartement se situait juste au-dessus de celui de Mazarine et de sa mère. Fidèle en cela à l'Ancien Régime, le socialisme avait ses souterrains, où les vies parallèles se superposaient.

Parce qu'il fallait bien lui donner un titre et un passe-temps, on avait nommé Grossouvre président du comité des chasses présidentielles. Il avait toujours collectionné les colts. Il lisait des traités de balistique pour se relaxer – hobby chic. Dans son bureau du quai Branly, on trouvait deux belles armoires à fusils renfermant des armes rares, dont certaines lui avaient été offertes par le shah d'Iran. Car Grossouvre ne traînait pas avec la plèbe. Quand, tiré à quatre épingles, il recevait ses amis à Chambord, Marly et Rambouillet, c'étaient des industriels, des marchands d'armes, des patrons de services secrets ou des dictateurs africains que l'on voyait s'ébrouer derrière les sangliers, les canards et les faisans. Un jour, une balle avait effleuré un grand patron français. « À force de tirer dans tous les sens, vous finirez bien par vous entre-tuer ! » avait réagi Mitterrand en apprenant la nouvelle.

Avant même d'invoquer les forces de l'esprit, le pharaon de la Vᵉ République lisait l'avenir dans une boule de cristal. Pour l'heure, invité par Omar Bongo à monter à bord de son avion privé, Grossouvre partait pour le Gabon tirer les buffles, les phacochères et même les éléphants. Ah, la Françafrique ! S'il fallait choisir un seul verbe pour qualifier les activités de Grossouvre, nous opterions pour *grenouiller*. Mais l'horloge tournait et nous étions déjà en 1994.

« Il faut créer les conditions pour que les gens ne puissent pas faire autrement que partir… », disait Mitterrand en ces heures crépusculaires de son second mandat. Le Président cancéreux ne pensait plus qu'à sa mort. Il allait se recueillir dans des cimetières ou voir des gisants dans des églises. Il s'était lassé de Grossouvre depuis longtemps. Courtisan éconduit, celui-ci continuait pourtant de hanter l'Élysée, jaloux des vieux mandarins et des jeunes muscadins avec lesquels Mitterrand préférait frayer. Le châtelain déchu avait soixante-seize ans. Svelte, ayant une bonne diététique, il pratiquait la gymnastique (pompes et abdos) et boxait à l'occasion un sac de frappe. La vieillesse faisait horreur à l'ancien jeune homme du lycée Loyola (promo 1935). Craignant plus que tout la démence sénile, il soignait ses maux de tête à l'aide de fioles indéfinissables et gobait des pilules de ginseng pour rester vigoureux... Sa maîtresse s'inquiétait quand elle le voyait partir armé le matin. Le commandeur de la Légion d'honneur portait son suicide à la boutonnière.

Il ne pardonnerait jamais sa disgrâce. Grossouvre avait d'abord retourné sa veste, contempteur véhément de son ex-ami. Le ministre de la vie privée de Mitterrand s'était mis à colporter de croustillantes indiscrétions à des journalistes d'investigation. Il passait des coups de fil, recevait des visiteurs du soir... Voulait-il faire chanter le Président ? Se réinventer en corbeau de compétition, après avoir été durant deux septennats un cardinal de pacotille ? Reconnaissant, l'homme pour lequel il avait tant de fois payé l'addition l'avait mis sur écoute téléphonique. Grossouvre avait toujours été versatile : milicien puis membre des FFI, homme de gauche attaché à la figure de Louis XVI, pour lequel il allait prier tous les 21 janvier en mémoire de sa décapitation... Lui aussi aurait droit à une mort violente. Le 7 avril 1994, à l'heure du dîner, un ministre gabonais l'attendait pour festoyer. Il n'y avait plus personne dans l'aile ouest de l'Élysée. Grossouvre avait fermé la porte capitonnée de son bureau. Pan !

Avant ce geste funeste, il n'y avait jamais eu de suicide dans le palais présidentiel. On avait retrouvé une moquette maculée de sang, des éclats de cervelle jusqu'au plafond. Correspondance capiteuse avec le massacre orchestré villa Vermeer par Paul Dubois... Deux apocalypses dans des ambiances feutrées, à un mois d'intervalle. Que se serait-il passé si Grossouvre avait zoné à l'Élysée avec l'un de ses fusils, en mode safari ? Une tuerie tonitruante aurait été moins aisée à nier que la mort d'un seul homme de l'ombre. Poussés à bout de nerfs, certains fauves blessés décident un jour de frapper un grand coup. Comment arbitrent-ils alors entre s'autodétruire ou tout détruire autour d'eux ?

Dubois avait côtoyé Grossouvre quand il avait été brièvement conseiller à l'Élysée. Leurs vies avaient été assez semblables. En y ajoutant Hugo, on tenait les trois panneaux d'un triptyque réunissant trois paranoïaques affligés par l'amour déçu, la rancœur et les égarements de l'esprit humain. On sait comment ont fini Dubois et Grossouvre. Et Hugo, alors ? Quelle direction prendrait-il ?

20

La Rolls des gigolos

Au début de l'année 2024, Albane et Ivan allèrent enfin plus loin. Dès la première fois, les deux amants trouvèrent le juste point d'équilibre entre la tendresse et l'ardeur. L'accord parfait de leurs sensualités était amplifié par ce passé commun qui donnait une forme de mysticisme à l'union de leurs corps. Ce faux flegmatique d'Ivan avait beau dire qu'il n'était pas animé par la fureur de vivre, il était moins évanescent qu'Octave. À son tour, il avait goûté au fruit défendu. Une volupté nouvelle l'avait envahi. La différence d'âge aurait pu l'intimider. Elle s'effaçait naturellement, de même que l'actrice célèbre avait disparu pour de bon. Les masques étaient tombés. Ivan se sentait bien auprès de cette femme gaie dont l'appétit folâtre prolongeait au lit l'esprit vif-argent qu'elle manifestait lorsqu'elle parlait à table, en marchant, en riant – partout et par tous les temps. Contrairement au prince de Ligne, qui en connaissait un rayon, Ivan ne croyait pas que « en amour, il n'y a que les commencements qui soient charmants ». Malgré les entraves qui compliquaient leur histoire, toujours rêvée plus que vécue, Ivan ne pouvait s'empêcher de tirer des plans sur la comète. Albane avait un charme qu'il n'avait pas trouvé avant elle sur terre. Dans leurs conversations comme dans leurs étreintes, pareillement enjouées, il cherchait à maintenir ce rare état de grâce.

Les baisers volés square Pétrarque devaient-ils finir par se payer cash, comme ceux échangés trente ans plus tôt boulevard Arago dans l'atelier d'Octave ? Au mois de mai, une énième scène de ménage éclata rue de Babylone. Michel Hugo, son pantalon de smoking ouvert, était en train de mettre à sac les placards de la cuisine, faisant un boucan de tous les diables. Alertée par le bruit, Albane finit par aller voir ce qu'il trafiquait. Son mari était secoué.

« Où as-tu rangé la tisane ventre plat ?

— C'est une blague ?

— J'ai pris un peu… Je n'entre plus dans mon smoking. Or je dois le mettre demain – une fête importantissime. Ça me rend dingue ! Tu ne ranges rien, c'est le bordel partout.

— Calme-toi, Michel, je sais où c'est… »

Elle lui donna un sachet.

« Tu devrais en prendre, toi aussi. Ça, tu ne te surveilles pas… Tu ne pourras pas remonter sur scène avec cette vilaine petite bouée. »

Il la pinça au niveau du ventre et la plaqua contre le mur, le regard brillant de ce sadisme qui ressortait parfois chez lui. Avec Michel, remarques blessantes et invectives volaient toujours en escadrille.

« J'ai le sentiment qu'il n'y a qu'avec moi que tu es frigide… »

Il accentua encore un peu plus la pression de ses doigts, les yeux crépitants de colère.

« Il faut croire que tu plais encore… Je sais que tu me caches des trucs. Comment tu occupes tes journées ? Tu vois quelqu'un ?

— Pardon ?

— Tu veux que je te parle en quelle langue ? Il te faut des sous-titres ?

— Michel, tu me fais mal…

— Il y a un mec là-dessous ? Tu te tapes un gigolo ?

— Un gigolo ? Carrément ? Tu n'as pas honte ?

— Au moins, ça ne peut pas être cet eunuque de Kamenov. Je comprends que sa femme se soit tirée.

— Lâche-moi…

— Alors, c'est qui ?

— Personne !

— Et dire que c'est moi qui t'ai inventée ! Je te rappelle que, sans moi, tu n'es rien. Que dalle. *Nada*. Tu me dois tout. Tout ! Tu es à moi. Ne déconne pas, je te préviens… Ou bien tu ne feras plus jamais un film.

— Si seulement... », soupira-t-elle en regagnant sa chambre.

Quelques jours plus tard, nue dans le lit d'Ivan, Albane arrivait à rire avec lui de cette dernière avanie.

« Moi, je ne te vois pas en castrat !

— Gigolo, c'est mieux que giton... Ça me plaît bien. Une vraie promotion sociale pour un schnock. À bientôt quarante ans, c'était ma dernière chance de devenir gigolo. Il était moins une ! »

Avec son goût pour la digression, qui ne le quittait pas même entre des draps, Ivan se lança dans une brève généalogie des gigolos... Il appréciait le roi Henri II, qui avait été déniaisé par Diane de Poitiers quand il avait dix-sept ans et elle trente-six. En chevalier servant de sa dame, il la garderait comme favorite jusqu'à sa mort à lui, lors d'un tournoi, en 1559. Le XVIe siècle était-il en avance sur notre temps ? Adieu la modernité : Ivan aurait mieux fait d'écrire une pièce intitulée *L'Amour Renaissance*... Il aimait bien aussi Bertrand de Jouvenel, qui avait seize ans lorsque sa belle-mère, Colette, quadragénaire, en avait fait son amant. Il avait enfin un faible pour le clown Thomas O'Boyle, qui avait trouvé la félicité conjugale au bras de la trapéziste et femme à barbe Jane Barnell, de trente ans son aînée.

« Si je comprends bien ton raisonnement, je suis donc un phénomène de foire. Quels fantasmes ! »

Ivan et Albane ne s'amusaient pas toujours autant. Un après-midi de juin, la pluie ayant interrompu une balade imprudente au jardin du Luxembourg, ils s'étaient repliés dans un café de la rue de Fleurus. Albane était d'humeur maussade. La veille, Hugo lui avait à nouveau passé un savon, lui demandant qui était cet homme qu'elle voyait, puis la réprimandant pour tout un tas de fariboles.

« Je ne sais pas pourquoi je continue de supporter ça...

— Qu'est-ce qui te retient de le quitter ? Tu n'es pas une esclave, Albane ; ou, si tel est le cas, tu peux t'affranchir. Tu as ton propre argent, non ? »

Albane se rembrunit. Quand, en 1992, elle s'était engagée à tourner dans *La Belle au bois dormant*, Michel l'avait emmenée à sa banque pour qu'elle ouvre un compte. En bon père de famille, comme Dubois avec Marie, il épluchait ses relevés. S'il avait pu la mettre sous tutelle, il ne se serait pas gêné. Après son internement à Sainte-Anne, il avait encore augmenté son contrôle. Puis, lors de leur préparation au mariage, il avait sournoisement proposé à Albane un contrat de séparation de biens, preuve qu'il ne comptait pas encaisser ses cachets. Michel avait acheté et mis à son nom à lui la rue de Babylone et le théâtre Mélusine. En échange, puisqu'il la logeait, il estimait que son épouse devait payer toutes les dépenses courantes, les charges et le cuisinier de ces grands dîners où il jouait au paon et où elle dépérissait. Elle pouvait bien faire un petit geste, au vu des ponts d'or qu'il lui négociait au cinéma... Il n'était que justice qu'elle reverse une commission à son agent ! Ainsi Michel avait-il infantilisé et utilisé Albane à ses fins pour assurer le train de vie qui lui plaisait. Depuis sept ans qu'elle ne gagnait plus rien tout en continuant de payer des factures, elle s'était considérablement appauvrie. Michel en était furieux, même s'il la retenait mieux prisonnière. Albane avait été longue à ouvrir les yeux sur sa *cage dorée* – l'expression avait rarement été aussi appropriée. À la fac, des filles qui n'avaient jamais vu ses films l'avaient mise au parfum de certaines pratiques abusives. Deux siècles après la mort de Germaine de Staël, la gloire était-elle toujours, pour les femmes, le deuil éclatant du bonheur ?

« Je n'ai pas le permis, non plus.

— Ah bon ?

— Michel me soutenait que c'était à lui de conduire la voiture ; que, s'il me la prêtait, je la rayerais. Ou bien nous avions des chauffeurs... Ce n'est pas si simple, tout ça. Michel ne s'est pas toujours aussi mal comporté, nous avons notre fille, toute une vie derrière nous, construite ensemble. Que dirait Léopoldine, si demain je demandais le divorce ? Elle m'en veut déjà tellement... Je ne peux pas tout saccager.

— Si tu restes, ça finira mal.

— Michel est immoral et plein de lui-même, sanguin parfois, mais je ne le vois pas comme un homme violent. Il s'arrête toujours à temps. J'arrive encore à gérer.

— Jusqu'au jour où il dérapera…

— À ce moment-là, j'aviserai.

— Ce sera trop tard. »

Elle regardait sa tasse de thé en y tournant nerveusement sa cuillère alors qu'il n'y avait rien d'autre à y dissoudre qu'une angoisse sourde. Ivan se refusait à pousser Albane dans ses retranchements. Il savait quel cadavre elle cachait dans son placard : celui de Marie, qui elle aussi avait fait l'autruche en attendant des jours meilleurs.

« Je devine ce que tu penses, Ivan… Ne me juge pas trop vite : je ne t'ai pas tout raconté.

— C'est-à-dire ?

— Il y a la mort de ma sœur et… autre chose. Une épreuve peut-être aussi douloureuse. Un truc terrible.

— De quoi s'agit-il ?

— C'est trop tôt.

— Trop tôt ?

— Je te raconterai ça quand nous serons plus proches.

— Ne le sommes-nous pas assez ?

— Voilà une vraie question ! Que sommes-nous au juste, selon toi ? Des amants ? Les meilleurs amis du monde ? Plus que ça ? Comment qualifierais-tu la nature de notre relation ? »

Certes, Albane noyait le poisson. Au moins Ivan voyait-il à nouveau ses yeux, son visage – et le sourire qui s'esquissait à la commissure de ses lèvres la rendait moins lointaine.

« Il faut que nous trouvions du temps pour nous. Tu fais quoi, cet été ?

— Je vais essayer de voir un peu Léopoldine...

— Et ton gigolo ?

— Qui ça ?

— Le gigolo qui te suit. Ton gigolo référent, celui qui te soigne... Pour ton équilibre personnel, tu devrais dégager un créneau pour lui. Veux-tu que je m'occupe de te prendre un rendez-vous ?

— Tu as raison, il va me manquer. Je ne le vois pas assez... C'est quand même un très bon gigolo. Dans sa discipline, il excelle. La Rolls des gigolos ! Laisse-moi regarder... »

Elle sortit un agenda, à l'ancienne.

« La deuxième quinzaine d'août, il est question que Michel soit à Los Angeles pour un projet. Tu crois que mon gigolo pourrait se libérer à ce moment-là ?

— Sans problème. Il est à votre service.

— Où voudrait-il aller ?

— Il y a un endroit où il rêve de se rendre : Guernesey. Avant de mourir, il adorerait visiter Hauteville House. »

La maison de Victor Hugo ? Albane avait l'air sceptique.

« Tu ne trouves pas que c'est de mauvais goût ?

— À qui tu parles ? À ton gigolo ou à son secrétaire ?

— Aux deux.

— On a encore le droit de s'intéresser à Victor Hugo malgré Michel Hugo. Ton mari n'a pas le monopole de son patronyme !

— Guernesey, fin août : je vais m'organiser.

— Je me charge de transmettre cette bonne nouvelle à votre gigolo traitant. Sachez qu'il en sera enchanté.

— Marché conclu ! Dites-lui aussi que, si tout se passe bien jusque-là, je lui révélerai toute la vérité quand nous serons parvenus main dans la main au dernier étage de Hauteville House. »

Grossouvre n'était pas le seul ami intime de Mitterrand. Quand il était vieux, avant le suicide de l'homme à la barbichette, le Président revoyait André Rousselet, son ancien directeur de cabinet à l'Élysée. Ils ne parlaient plus des dossiers en cours, mais de la vie. Un soir, Rousselet l'avait interrogé ainsi :

« Si vous deviez donner un pourcentage de ce que l'on connaît de votre vie, quel serait votre chiffre ?

— Allez-y, hasardez-vous…

— Je ne sais pas. Disons trente pour cent ?

— Trente pour cent, c'est beaucoup… »

Ivan pensait parfois à cette conversation quand il déposait Albane rue de Babylone, ou qu'il la regardait repartir seule après l'une de leurs escapades. En l'accompagnant du regard, il se demandait quel pourcentage de sa vie restait à défricher. Que lui cachait-elle ? Pourquoi se méfiait-elle encore de lui ? Cette part d'ombre l'inquiétait et l'attristait.

21

La réunion des anciens élèves

Un vendredi où il baguenaudait dans son quartier, Ivan passa à l'angle de la rue Louis-David à l'heure de la sortie de l'école. Il s'arrêta pour observer. Que la faune avait changé ! De son temps, il n'y avait pas autant de nounous philippines. Ce n'était pas encore à la mode. En 1994, les mères de famille de Loyola travaillaient peu. Elles venaient chercher leurs enfants et portaient toujours des tailleurs à épaulettes, avec de grosses broches. Les plus conservatrices complétaient ces frusques avec un serre-tête. Ces dames traînaient au bout d'une laisse un labrador bien nourri. De nos jours, quand elles n'envoyaient pas leur main-d'œuvre, les mères se présentaient en baskets avec des jeans à bas effiloché. Que dire des pères ? Dès le mois de mai, on les voyait le samedi matin en short-espadrilles, prêts à faire des pâtés de sable.

« Ivan ? Incroyable ! »

Ce n'était pas moins improbable de retomber sur Jacques en bermuda, un fils dans chaque main. Avant d'avoir des cernes et les tempes grises, Jacques avait été l'un des meilleurs copains d'Alexis. Il venait souvent jouer au flipper et au baby-foot villa Vermeer, le mercredi. La mort de leur grand ami commun aurait pu, et même dû, les rapprocher, Ivan et lui. Au contraire, une distance s'était créée entre eux. Ils avaient souvent été dans la même classe jusqu'à la terminale, sans jamais retrouver la camaraderie de leurs neuf ans. Les études supérieures les avaient éloignés définitivement. Ils ne s'étaient plus revus depuis des lustres.

« Tu as mis tous tes enfants dans notre ancien bahut ?

— Les deux aînés, oui. Ma fille est à la crèche. Et toi ?

— J'habite juste à côté.

— J'ai appris que tu écris.

— Un peu de théâtre, en effet…

— Et sinon ?

— Rien de spécial.

— Tu n'es pas marié ?

— Je l'ai été. »

Pour couper court à une situation gênante, Ivan jugea de bon aloi de changer de sujet.

« Tu es père au foyer ?

— Pourquoi tu me demandes ça ?

— Tu n'as pas l'air de sortir du bureau.

— Je bosse de chez moi le vendredi. Ce sont les avantages du télétravail. Le costard, c'est du passé ! »

Ivan ne voyait pas en quoi c'était un progrès de revenir à la culotte courte à bientôt quarante ans - enfin, ça ne servait à rien de se montrer rétrograde pour des queues de cerises.

« Je ne veux pas te retenir… J'imagine que tu dois aider tes enfants à faire leurs devoirs. On se prendra un café une prochaine fois ?

— Tu ne viens pas à la fête des anciens ?

— Quelle fête ?

— L'année dernière, on n'avait rien organisé pour les vingt ans de notre bac. Il fallait rattraper le coup. Constantin et d'autres ont monté une grosse soirée sur une péniche. Il devrait y avoir plus de la moitié de notre promo… On verra qui a le plus vieilli ! Il faut que tu sois là. Commère comme tu es, tu ne peux pas rater ça.

— Je ne vois plus beaucoup de gens de Loyola, tu sais, même si je vis à deux pas. Concierge, je l'étais un peu autrefois ; je ne recueille plus assez de ragots pour être digne de cette réputation flatteuse que tu me prêtes.

— Arrête tes coquetteries : redonne-moi ton numéro, je t'enverrai toutes les infos. »

Le jour dit, Ivan arriva le premier à la péniche amarrée au pied du pont des Invalides, port du Gros-Caillou. Il n'avait pas dormi de la nuit, trop excité à l'idée de revoir tous ces revenants. Quelles têtes auraient les minets de la promo 2003 ? Plus qu'auteur de théâtre, Ivan aurait dû être directeur central des Renseignements généraux. Même Saint-Simon aurait envié sa mémoire d'éléphant. Dans son milieu professionnel, il avait des fiches sur tout le monde, régulièrement mises à jour. Se réincarner en annuaire : voilà qui aurait plu à ce bottin sur pattes. Il allait être servi.

Au début de la soirée, posté près de l'entrée, Ivan tint le rôle de l'aboyeur. Il cala sur certains noms, mais il faut dire qu'il était déjà captivé par le tableau général plus que par les figurants… Le lycée Loyola ne se trouvait pas au fond d'une favela, et la reproduction sociale avait tourné à plein régime. On comptait dans l'assistance plus de consultants, d'avocats d'affaires et d'inspecteurs des finances que d'ouvriers spécialisés. Les garçons étaient globalement restés minces, à part deux banquiers qui avaient doublé de volume, suivant la courbe exponentielle de leurs bonus. Ce chalala de Constantin était demeuré fidèle à son nom d'empereur romain. En seconde, lors d'un voyage de classe, le bellâtre avait couché avec une des surveillantes, ce qui avait bluffé ses camarades. Sur la terrasse de la péniche, le passé ressurgissait. Constantin devait-il porter plainte pour détournement de mineur ? Ce n'était pas non plus un petit saint. Les joyeux drilles étaient absous grâce à la présence de Marc, le seul prêtre de leur promo. À quinze ans, il sortait du lot au rugby. Il marchait sur les mêlées tel Jésus sur l'eau. La majorité l'avait rendu plus profond.

Vicaire en banlieue, il avait repris des études au Vatican avant d'être nommé nonce apostolique à Téhéran. Ispahan et les montagnes iraniennes, où il allait skier entre deux sermons, n'avaient plus de secret pour lui. Il était de passage à Paris, ça tombait bien. À ses yeux, les anciens de Loyola étaient de bons larrons. Ivan lui serrait la main quand quelqu'un l'attrapa par le col.

« Ivan, mon ami ! »

Ignacio… Lui aussi avait conservé une ligne de jeune homme, et cette longue mèche noire qui prolongeait déjà son sourire quand il avait dix-sept ans. Il ne portait alors que des chemises bleues à col blanc avec des poignets mousquetaires, mais sans boutons de manchettes. C'était le fils unique de l'ambassadeur d'Argentine en France. Le polo, qu'il pratiquait le week-end, compensait un peu ses excès. Il menait une vie de patachon, se retournant la tête à la vodka à un âge où d'autres n'avaient pas encore sifflé leur première bière. Il passait ses nuits aux Planches, le club de la rue du Colisée, et arrivait régulièrement en retard, froissé de partout. Un matin, il s'était pointé en cours de sciences naturelles avec un seul mocassin, ayant égaré l'autre dans un caniveau du VIIIe. Un personnage…

« Je n'ai pas tout suivi de ton parcours, Ignacio, pardonne-moi. Tu avais fait des études à Madrid, non ? Tu n'es jamais retourné vivre à Buenos Aires ?

— Je suis à Londres, mon ami ! La haute finance ! »

Les batteries de cette pile électrique auraient déjà dû être épuisées. Pourtant, Ignacio sautillait sur place, comme au temps des premières boums.

« Qu'est-ce que tu prends ? Tu as l'air en pleine forme…

— Oh, je suis père maintenant ! Comment vous dites en français ? Totalement *rangé des bagnoles*. Je promène mes enfants dans les squares. Et sinon, je ne sors plus. J'ai tout stoppé : la cocaïne, l'alcool et même la cigarette. L'hygiène de vie, mon ami ! »

À peine avait-il terminé cette tirade qu'Ignacio s'alluma un cigarillo. Il en proposa autour de lui, le père Marc en prit un. Ivan laissa le bambochard argentin avouer ses péchés, il avait d'autres louches à serrer…

Trois heures plus tard, vers minuit, Ivan put enfin parler un peu à Jacques, aviné, état qui ne lui réussissait pas – en terminale, il tombait par terre au bout d'un whisky-Coca. Il ne s'était pas aguerri.

« Comment ça va depuis l'autre jour ?

— Je suis très fatigué… Tu t'es moqué de mon bermuda, devant Loyola. Tu sais, bermuda ou pas bermuda, le boulot, ça reste le boulot. »

Sur cet aphorisme, Jacques tourna les yeux vers son mojito.

« Je ne sors pas la tête de l'eau. Noyé vingt-quatre heures sur vingt-quatre. Appelle-moi Stakhanov, Kamenov ! Ça fait dix ans que je ne dors plus. J'adore mes trois enfants, mais je n'ai plus jamais de week-ends ni de vacances. Je ne me plains pas, hein, il y a des mecs qui ont fait le Débarquement… »

Quel était le rapport ? Jacques déraillait.

« J'ai le sens de la nuance, tu vois ce que je veux dire ? Je suis un esprit rationnel. Je connais l'histoire. Aller au parc le samedi, c'est moins dur que d'être lâché à Omaha Beach. J'en suis conscient, que les choses soient bien claires. Malgré tout, je morfle.

— Et à part ça, quoi de neuf ? Des projets ?

— Ma femme attend le quatrième. »

Jacques replongea dans son mojito, et Ivan craqua.

« J'ai souvent repensé à Alexis, récemment…

— Ne m'en parle pas : j'ai cru voir son père gare de Lyon, l'été dernier. Je suis même sûr que c'était lui. Il était planté avec sa valise devant le tableau des départs, j'ai eu le temps de le reconnaître… Quel train allait-il prendre ? Une seconde, je l'ai imaginé montant dans le même wagon que moi, s'asseyant à la place à côté de la mienne. Ça m'a fait froid dans le dos.

— Il n'est pas en taule ?

— Tu crois encore au père Noël ? La réclusion criminelle à perpétuité, c'est une histoire du soir pour endormir les enfants. Dubois a dû sortir de prison il y a quelques années. Connaissant son côté imbu de lui-même, il doit être vert : Dupont de Ligonnès lui a volé la vedette. On ne se souvient que de lui. Il aurait pu en laisser un peu pour les autres ! »

Sous ses propos bravaches, la voix de Jacques se fit chancelante. Il raconta à Ivan avoir toujours sur sa table de nuit une photo de lui avec Alexis, prise à un de leurs anniversaires – ils étaient déguisés en pirates, avec derrière eux un magicien chargé de l'animation et des ballons de baudruche de toutes les couleurs. Une brèche s'ouvrit. Jacques et Ivan s'y engouffrèrent, retrouvant enfin cette familiarité qui s'était perdue à la mort d'Alexis. Leurs langues se délièrent, ils partagèrent leurs souvenirs de la villa Vermeer. Ils étaient d'accord sur tout. La vigne vierge aux fenêtres, le beau perron, et cette paix quand on entrait dans le salon et qu'on voyait la toile représentant la famille : le père Dubois avec sa stature patricienne, debout et droit avec son chandail torsadé sur les épaules, ses trois fils, dont le cadet sagement assis en tailleur sur le parquet... Ils avaient encore en bouche le goût des scones que préparait la nurse anglaise Emily. Et dans les oreilles les cassettes des Beatles qu'elle leur faisait écouter sur un appareil désuet. C'est grâce à elle qu'ils avaient découvert les albums *Revolver* et *Help !*, dont les titres sonnaient différemment désormais. La salle de jeux du deuxième étage restait le royaume de leur enfance, entre la cabane et le théâtre de marionnettes. Combien de rêves avaient pu abriter les larges poutres apparentes... Leurs rires devaient encore y résonner. Sur le circuit de course électrique géant, Alexis faisait rouler ses voitures comme si Ayrton Senna était au volant. Et puis le vrai Senna s'était crashé. Jacques se souvenait lui aussi de la mine déconfite d'Alexis dans la cour de Loyola, sous le soleil de mai, une dizaine de jours avant que son père ne siffle la fin de la récréation...

« On ne va pas commencer à se prendre pour ce qu'on n'est pas, Ivan... Seul Alexis a souffert. Tout le monde veut être une victime aujourd'hui, même les bourges, ou plutôt surtout les bourges – c'est aberrant ! On est des privilégiés. On doit faire bonne figure. Cette histoire, il faut la cacher tout au fond de nous, comme Emily le mercredi en fin d'après-midi, quand nos parents venaient nous chercher et qu'elle rangeait toutes les affaires dans le coffre à jouets.

— Tu as peut-être raison.

— Tu sais que je n'en ai jamais parlé à ma femme ? Même pas quand j'ai rempli le dossier pour inscrire nos aînés à Loyola. Alors que je repense à Alexis chaque fois que je dépose les enfants. »

Jacques était resté le brave garçon qu'il était déjà en 1994. Il avait juste blanchi. Au lycée, tout le monde le trouvait gentil mais fermé, taciturne. Il avait des bonnes notes. À chaque bulletin, il récoltait les félicitations. Au sein de son couple aussi, il était un premier de la classe. Il expliqua à Ivan qu'il aurait voulu s'arrêter à deux enfants – mais il ne savait rien refuser à son épouse. Elle le menait à la baguette. Il voulait trop bien faire et y laissait sa santé. Ah, ils n'étaient plus bons à rien, les visages pâles... Des sous-hommes. Il n'y avait pas que le Débarquement. Et Verdun ? On en reparlait, de Verdun ? Et la campagne de Russie ? Sûr que Jacques aurait attrapé froid lors du passage de la Bérézina. Il n'avait plus de défenses immunitaires. Les microbes que ses enfants rapportaient de l'école primaire suffisaient à l'enrhumer une semaine sur deux. Les trop courtes nuits des dix dernières années l'avaient éreinté. Et les cris des petits. Leurs incessantes provocations. Leurs bêtises à répétition. Une lente et sûre usure nerveuse. Certains jours, il serait bien allé se faire sauter le caisson à la bataille d'Azincourt. Pour une fois qu'il avait une soirée de libre… Il vacillait quand il commanda un autre mojito – « le dernier », soi-disant.

« Accompagne-moi à Loyola, un jour.

— Je n'ai aucune raison d'y entrer…

— On te fera passer pour un parent d'élèves. On retournera dans notre classe de CE2. Rien n'a changé, tu verras… »

Sur ces mots, Jacques lui tourna le dos – il avait repéré quelqu'un d'autre à qui parler. Ivan aussi avait un peu trop bu. La péniche semblait tourner sur elle-même, comme un carrousel. Au contraire de Jacques, Ivan n'était pas devenu un homme responsable, porté par le sens du devoir. Bien que n'aimant pas l'ironie, les trublions à la décontraction trop outrée, il s'était dédoublé en 1994. L'âge adulte et ses pantomimes s'étaient vidés de leur sens. L'absurde avait triomphé, le monde tout entier s'était théâtralisé. Nul besoin de demander à l'ouvreuse de lui indiquer le chemin : Ivan avait pris place à la corbeille, dans une loge bien planquée. Là-haut, il s'était mis à écrire des comédies, dont certaines divertissaient l'orchestre.

Tous les anciens rassemblés ce soir-là n'avaient pas connu Alexis. Ils étaient pour la plupart arrivés après sa mort. En parcourant du regard la foule des gens qui riaient et trinquaient, Ivan chercha ceux qui, comme Jacques et lui, avaient fait leur scolarité à Loyola de la maternelle à la terminale. Puis il affina ses recherches, malgré une ivresse qui ne facilitait pas son inspection… Qui était dans leur classe en CE2 ? Emmanuelle, Ladislas, Antoine et Sophie. Ils n'étaient pas nombreux. Le dernier carré de ceux dont l'insouciance s'était envolée en mai 1994.

Derrière le pont des Invalides, la Lune se reflétait dans la verrière du Grand Palais qui, scintillante, se confondait avec la nuit étoilée. L'air s'était rafraîchi, un léger vent soufflait sur la terrasse de la péniche. Une heure du matin, déjà. Ivan eut envie de partir.

Une demi-heure de marche l'attendait, une route qu'il aurait pu parcourir les yeux fermés, tant elle lui était familière. Après avoir franchi le pont de l'Alma, il passa devant le Grand Corona, où son grand-père maternel aimait déjeuner d'un croque-monsieur et d'un demi en compagnie de l'un des petits-enfants, de lui de temps en temps. Cent mètres plus loin, avenue Marceau, se trouvait le Baron, qui avait été un des night-clubs des vingt ans d'Ivan.

Combien de fois en était-il rentré saoul ? Il avait dormi une nuit sur un banc public au niveau de la rue Freycinet, près de l'ambassade du Kenya. En pilotage automatique, le piéton de la rive droite prit l'avenue du Président-Wilson, belle montée vers le Trocadéro qui lui rappelait celle du Poggio dans les derniers kilomètres de Milan-San Remo (il aimait regarder le vélo à la télévision). Sur sa droite, le palais Galliera, musée de la Mode où il avait vu une fois une exposition des robes Fortuny d'une trisaïeule ; sur sa gauche, le palais de Tokyo et le musée d'Art moderne, où il avait vécu une scène pénible avec son ex-femme lors d'une rétrospective Basquiat. Tous ces lieux étaient comme les boîtes à musique d'un enfant : Ivan connaissait par cœur les airs qu'elles renfermaient. Il suffisait de les ouvrir, et elles se mettaient à jouer. Place d'Iéna, le musée Guimet lui était interdit. Ivan y allait souvent avec Madame, qui avait un tropisme asiatique. L'endroit abritait les collections de son divorce, il ne tenait pas à les revoir.

Cela avait un peu rasséréné Ivan de discuter avec Jacques : il n'était donc pas le seul à ruminer la mort d'Alexis, lui aussi en avait été durablement affecté. Ils avaient été deux gamins de première classe revenus meurtris et traumatisés de la même campagne militaire. Puis deux petits soldats de plomb figés par le silence de leur entourage. Et voilà qu'ils s'étaient retrouvés vétérans…

Parvenu au niveau de l'esplanade du Trocadéro, vers la statue équestre du maréchal Foch, Ivan galopa : avenue Paul-Doumer, rue Scheffer, square Pétrarque… Pourquoi était-il incapable de sortir de ce périmètre ? Combien de temps l'arpenterait-il ? En percerait-il un jour le mystère ? Albane l'avait mis en garde, mais c'était plus fort que lui : Ivan graviterait autour de la villa Vermeer pour les siècles des siècles. Malgré ses farces, il demeurerait à jamais un enfant triste du XVIe arrondissement. Cette pensée ne lui seyant pas, trop solennelle pour lui, il baissa la tête et sourit d'un air las. Il était arrivé. Ce n'était pas cette nuit qu'il trouverait des réponses à ces questions qu'il n'arrivait même pas à formuler clairement. Au moins, contrairement à Jacques, ne serait-il pas réveillé par des cauchemars d'enfants. Par les siens, peut-être.

22

Épiphanie à Loyola

Au mois de juin, le téléphone d'Ivan sonna : Jacques lui proposait de l'accompagner à Loyola le prochain samedi matin. En cette fin d'année scolaire, on fêtait le départ à la retraite de la directrice. C'était l'occasion de se mêler à la foule des mères et des pères. Étrangement, bien que voisin, Ivan n'avait jamais eu l'idée d'y retourner. Pourquoi pas ?

Ce jour-là, il faisait beau. Les parents étaient debout dans la cour, en rond. Tout le monde n'avait pas bonne mine. Quels couples étaient en voie de dislocation ? Y avait-il, parmi eux, un potentiel Dubois ? Assis par terre, en rangs, les écoliers attendaient leur tour pour intervenir. Le regard d'Ivan s'arrêta sur ceux de CE2. À un moment, ils se levèrent et interprétèrent une chanson. Ivan ne prêta pas attention à la mélodie ni aux paroles.

Voir cette troupe d'enfants de neuf ans suffit à lui serrer le cœur. Trop de choses lui revinrent. La villa Vermeer, encore et toujours, mais aussi d'autres images…

Le 13 mai 1993, douze jours après le suicide de Pierre Bérégovoy, un forcené ceinturé d'explosifs avait pris en otages des bambins scolarisés dans une maternelle de Neuilly-sur-Seine. Sous sa cagoule noire et son casque de motard, Erick Schmitt rappelait par son profil à la fois Dubois et Günter Parche, le chômeur qui avait agressé Monica Seles à Hambourg fin avril : passé par l'armée de terre, où il avait appris le maniement des armes, divorcé, Schmitt avait quitté l'uniforme pour monter deux petites sociétés informatiques mises en faillite. Il voulait sa revanche et se faisait appeler « Human Bomb ». Une pression sur son détonateur, et il ferait tout sauter à la dynamite. Au bout de deux jours de tension, le RAID avait fait irruption dans la classe et abattu Schmitt de trois balles dans la tête. Alexis avait beaucoup parlé à Ivan de cette affaire. Cette bombe humaine le terrifiait. Neuilly-sur-Seine, c'étaient un peu les confins du XVIe arrondissement. Et si un détraqué débarquait à Loyola un matin pour les prendre en otages, à leur tour ?

Un an plus tard, ses craintes s'étaient dissipées, et Alexis se réjouissait de suivre la Coupe du monde de football 1994, qui devait avoir lieu durant l'été aux États-Unis. Son père en avait décidé autrement. Alexis était mort, la vie avait continué sur d'autres continents, et Ivan avait regardé seul de nombreux matches pendant ses vacances dans la maison de ses grands-parents, au Pays basque. La finale avait opposé le Brésil à l'Italie. S'il était fan du Brésilien Senna en Formule 1, Alexis soutenait en foot la *Squadra azzurra* de Roberto Baggio. Lors de la séance de tirs au but, le penalty de Baggio s'était envolé dans les nuages d'Amérique, et avec lui une conception romantique du beau jeu. Là-haut, Alexis avait peut-être intercepté le ballon…

Après les chants des élèves, il y eut des discours de différents enseignants. Quelle barbe. Une autre forme de prise d'otages. Ivan s'exfiltra de la masse des parents pour aller revoir la chapelle où on les emmenait prier avec ses camarades. Il avait préparé là sa première communion. Que lui restait-il de la foi de son enfance, lui qui avait séparé ce que Dieu avait uni ? L'intrus traversa la cour en rasant les murs. La bibliothèque était fermée, pas le réfectoire. Ivan eut l'impression de marcher dans un pensionnat fantôme. Il voulait retrouver sa classe de CE2. Son cœur battit la chamade dès l'escalier. Près de la porte, il y avait toujours les portemanteaux aux noms des enfants où, l'hiver, Alexis accrochait son duffle-coat. À l'intérieur de la salle, Ivan n'eut aucun mal à situer la place qu'il avait occupée lors de l'année scolaire 1993-1994. Alexis était assis à côté de lui. Des bureaux modernes avaient remplacé ceux, en bois, qu'ils avaient à leur époque. Dommage. Archéologue de leurs vies, Ivan aurait eu plaisir à chercher ce qu'ils avaient gravé avec leurs compas, Alexis et lui. Il s'installa sur la chaise de ses neuf ans, pas loin de l'estrade, et tout réapparut avec une saisissante fraîcheur… Les leçons de grammaire, de maths et de géographie. Les parties de balle aux prisonniers pendant la récréation. Les billes qu'il se faisait piquer par les plus grands. Les porte-savons rotatifs dégoûtants qui pendaient dans les toilettes et donnaient l'impression qu'on allait attraper la gale en se lavant les mains. Les poésies à apprendre pour le lundi. Les nausées à l'infirmerie. La première fille qu'il avait trouvée jolie. Les carnets de tombola à vendre pour la fête de l'école, que lui rachetait son père pour éviter qu'il n'aille déranger les gens de leur immeuble. Les échanges de déjeuners et les sorties de classe, ces moments où se nouaient des liens privilégiés. La découverte de l'amitié et de l'anxiété. L'approfondissement de la joie et de la peine. Ces fenêtres par lesquelles il regardait, certains jours d'ennui, surtout en cours d'anglais. Les changements de la lumière qu'on pouvait observer, au fil des mois. Toutes les saisons de son enfance qui avaient filé là, entre les murs de Loyola.

Ivan avait dû passer trop de temps à rêvasser, perdu dans ces réminiscences. Quand il redescendit de l'étage des CE2, la cour s'était vidée. Il y avait par terre un tablier oublié par un élève, que le vent faisait faseyer. Ivan retrouva cette ambiance d'un soir d'hiver où il était resté plus tard à cause d'une punition. Allait-il être renvoyé ? Son cartable lui semblait soudain trop lourd. À Loyola, on vous mettait très tôt la pression. Dès la maternelle, on y préparait Polytechnique.

Sous le préau, on se sentait comme sur un quai de gare. La solitude présente aurait pu donner à la scène un goût d'arrière-saison quand, au fond d'une province reculée, on attend un train qui semble ne jamais vouloir arriver. Mais Ivan était juste à la lisière entre le préau et la cour. Le soleil estival réchauffait son visage et lui remettait en mémoire d'autres moments. Il entendait encore les cris de ses camarades, ces pépiements qui montaient à l'approche des grandes vacances. On allait ouvrir la cage aux oiseaux, et tous ces moineaux partiraient batifoler à travers la France. Ivan se souvenait précisément des sentiments mêlés éprouvés ici même en juin 1994, au milieu de cette volière d'écoliers qui s'époumonaient, couraient dans tous les sens et se jetaient dans les bras de leurs parents. Alexis était-il déjà oublié ? Au moins, sur les îles Anglo-Normandes, il serait dans les conversations. Ivan avait enfin trouvé quelqu'un avec qui partager cette histoire enfouie. Il avait réservé des hôtels agréables à Jersey et à Guernesey, et repéré de belles balades à faire. Il comptait les semaines jusqu'à la fin août. Ce serait son premier voyage avec Albane.

23

Marée basse à Hauteville House

Dans les salons du livre, la mode était aux écrivains voyageurs. On leur dressait partout des arcs de triomphe. Ivan, lui, n'était qu'un vulgaire plumitif sédentaire. Vous l'auriez équipé de chaussures de marche, d'un sac à dos et d'une gourde, où aurait-il campé ? Pas loin du square Pétrarque, sa boussole ne lui indiquant que le cimetière de Passy et la villa Vermeer.

Pour une fois qu'il avait envie de voir du pays, ça tourna en jus de boudin : deux jours avant leur départ, Albane annula. Le séjour de Michel Hugo à Los Angeles était reporté, elle devait donc l'accompagner chez des amis à Ramatuelle. Elle en était désolée et espérait qu'il ne lui en voudrait pas trop…

Plutôt que de ressasser à Paris, Ivan décida de s'en aller quand même. À l'embarcadère de Barneville-

Carteret, des photos passées montraient d'anciens bateaux assurant la liaison jusqu'aux îles : ils s'appelaient le *Cygne*, les *Deux-Léopards*, le *Jersey-Queen*, l'*Au-revoir*… Monter à bord d'un nouveau *Titanic* n'aurait pas contrarié Ivan. Il déplora auprès de l'équipage que les risques de naufrage soient si peu élevés au cours de la traversée.

Sur l'eau, un flash lui brûla l'esprit. En avril 1995, juste avant le premier anniversaire de la mort d'Alexis, un voyage de classe avait été organisé à Eastbourne pour tous les CM1 de Loyola. Leur ferry était parti de Calais. Certains élèves avaient eu le mal de mer. Ce soleil de plomb sur le pont, pourtant, le vent, cette promesse d'évasion, ça faisait tant de bien… La vision au loin des grandes falaises blanches de Douvres demeurait pour Ivan l'un des chocs esthétiques de sa vie. Un an plus tard, ses parents l'avaient envoyé passer le troisième trimestre dans une *boarding school* du Sussex, près de Brighton, dont la jetée restait pour lui un souvenir plus précis que celle de Coney Island, découverte lors d'un été à New York. Bien que n'ayant plus autour du cou la cravate rayée de son école anglaise, Ivan était toujours ce garçon de onze ans qui ne savait pas se servir d'une batte de cricket et que l'on moquait pour cela. Le week-end, les externes retournaient chez leurs parents. On ne croisait plus que les Chinois sur le campus. Les samedis semblaient durer des semaines, et on ne parlait pas des dimanches. La *french frog* errait dans les couloirs et le parc. Pour s'occuper, Ivan avait commencé à sonder son spleen, à en décortiquer les différentes couleurs sur le large nuancier que lui présentait sa solitude. Il n'avait personne avec qui partager cette expérience morne qui achevait son enfance. Il pensait souvent à Alexis. Son ami lui manquait.

En voyant émerger Jersey, Ivan ne vécut pas la même émotion. Tout était plus fort autour de 1994. Il ne faisait depuis que prolonger des impressions sensibles qui allaient en se délavant progressivement. Que subsisterait-il de toutes ces années quand il serait bien vieux, au soir, à la chandelle ?

Ivan avait réservé une chambre à l'Hôtel de France. On trouvait juste à côté la résidence de l'écrivain et ministre Narcisse-Achille de Salvandy, qui s'était exilé là lors de la révolution de 1848. Avant cela, c'est lui qui avait répondu au discours de réception de Victor Hugo à l'Académie française en 1841. Ivan n'oubliait pas que ce périple avait un but : le mener à Hugo, lequel s'était plongé dans le spiritisme à Jersey. Sur la première île de son tour, Ivan vit quelques cottages qui auraient plu à Albane. Les terrains de cricket des écoles vidées par l'été lui rappelèrent ses séjours dans le Sussex. Il but des bières au Troubadour, dégusta des sandwiches au crabe en bas du château Mont-Orgueil, alla à vélo jusqu'au port de Saint-Aubin ; puis il reprit le bateau direction Guernesey.

Avec ses maisonnettes étagées et ses castels et églises qui se découpaient sur l'horizon, cette deuxième île avait des airs de Prague et de Cork. Le bar dans lequel Ivan atterrit, agrémenté de palmiers, servait de la cuisine jamaïcaine. Était-il à Kingston ? Son goût pour le brouillage général de tout (géographique, temporel et sensoriel) accentuait son déphasage.

Sa visite de Hauteville House n'étant prévue que le surlendemain, Ivan voulut marcher sur les pas de Hugo pour se préparer. Il commença par aller nager à Cobo Beach puis à Fermain Bay, là où le Poséidon des poètes aimait « prendre des bains de mer à profusion », selon son épouse. Il n'y avait personne. L'eau, pourtant turquoise, ne trompait pas son monde : on y grelottait. Plantée en bordure de la plage, la petite tour de guet du XVIIIe siècle aurait eu sa place sur un bel échiquier en bois. Ce fou d'Ivan ne retrouva pas le rocher où le roi Hugo s'asseyait pour écrire quand il venait là…

Où se cachaient les corsaires d'antan ? Il n'était pas si simple de dégotter une taverne où dîner à Guernesey. Dès 20 heures, tout était fermé, même sur la rue principale, High Street, l'artère aux fanions colorés qui donnait sur la Lloyds Bank. Ivan avait pris une chambre au Pandora, l'adresse la plus proche de Hauteville House. En face, The Captain Cook Hotel tombait en ruine. Hugo devait souffler quand il rentrait chez lui par cette rue à la pente raide. Plusieurs maisons étaient abandonnées. Quelques locaux se bituraient à la nuit tombée au Dorset Arms, un pub ultra-vieillot. Au moins ne souffrait-on pas ici des ravages du tourisme. Le soir, on distinguait les étoiles aussi bien qu'en rase campagne. À la fenêtre de sa chambre, Ivan songeait que Hugo avait observé les mêmes ciels deux siècles plus tôt. Il l'aurait convoqué pour une séance spirite, s'il avait cru à ces sornettes.

En pénétrant enfin dans Hauteville House, la maison d'écrivain définitive qu'il avait tant imaginée, Ivan fut instantanément saisi par l'âme des lieux. Dès le vestibule, avec toutes ses lourdes boiseries peintes en noir et ornées des initiales du maître des lieux, on entrait dans un décor de théâtre mégalomaniaque. La salle de billard exposait aux visiteurs les portraits d'une famille maudite qui auraient pu être peints par Octave : Eugène, le grand frère de Victor, un dément enfermé à Charenton ; Léopoldine, sa fille chérie noyée à dix-neuf ans et dont il avait raté l'enterrement, étant en voyage avec Juliette Drouet ; Adèle, la cadette, toc-toc comme son oncle, elle aussi abonnée aux maisons de santé ; Charles et François-Victor, enfin, les deux fils de Victor, morts avant leur père. Quelle galerie ! Le mauvais œil veillait sur cette enfilade de salons et de passages secrets, des pièces surchargées de coffres, de buffets, de chinoiseries, de tapisseries… Asthmatiques s'abstenir. On respirait un peu mieux dans la salle à manger en carreaux de Delft et, au premier étage, au milieu des deux salons tout en soieries, le salon bleu et le salon rouge, où trônait un brûle-parfum offert par Alexandre Dumas. Il fallait au moins ça pour absorber les miasmes mortifères qui s'insinuaient dans vos poumons. Ni la lumière venant du jardin d'hiver sous véranda ni l'édition originale de l'*Encyclopédie* de Diderot et d'Alembert, signant son humaniste, ne faisaient changer d'avis à Ivan : le philanthrope nous avait bien roulés dans la farine. Nous nous trouvions là chez un tyran domestique qui avait étouffé les siens. Plus incroyable encore était l'immense chambre de parade de Hugo, avec des stalles d'église en chêne et une vanité en ivoire au-dessus de la tête de lit. Un étage entier dévolu à la mise en scène de sa mort, quand elle aurait lieu, avec ses enfants dormant aux étages inférieurs dans des chambrettes ? Il était gonflé, l'homme de gauche… On disait pis que pendre du général Bugeaud, l'ancien gouverneur général de l'Algérie. À Paris, dans le XVIe (on n'en sort pas…), l'avenue Bugeaud avait longtemps donné place Victor-Hugo, avant d'être rebaptisée. Il était cocasse de se souvenir que les deux hommes avaient dîné ensemble chez Delphine de Girardin, rue Laffitte, le 9 janvier 1841. Dehors, il neigeait à gros flocons. Bugeaud était assis à la droite de Madame, Hugo à sa gauche. Quand il avait été question de la colonisation de l'Algérie, le militaire avait émis des réserves. Le poète l'avait alors recadré avec sa légendaire emphase :

> Je crois que notre nouvelle conquête est chose heureuse et grande. C'est la civilisation qui marche sur

la barbarie. C'est un peuple éclairé qui va trouver un peuple dans la nuit. Nous sommes les Grecs du monde, c'est à nous d'illuminer le monde. Notre mission s'accomplit, je ne chante qu'hosanna.

Les hosannas sonnaient faux à Hauteville House. Que semblaient loin les idéaux avant-gardistes de la bataille d'*Hernani* ! Pour le clou du spectacle, il fallait attendre le tout dernier étage, le fameux *look-out*, ce bureau en verre, sorte de serre où faire pousser des phrases ampoulées, version miniature du Crystal Palace de Londres, où Hugo s'enfermait pour écrire debout, tel un capitaine de bateau à son gouvernail. Il disposait d'un poêle en faïence pour se chauffer l'hiver et d'un futon pour dormir. Oh, il ne faisait pas que s'y reposer, précisa pince-sans-rire la guide.

Hugo était venu à Guernesey avec sa femme légitime et sa favorite en titre, Juliette Drouet, installée quelques numéros plus bas dans la même rue. Au réveil, c'était leur rituel, Hugo agitait un mouchoir à sa fenêtre, pour assurer à Juliette que tout allait bien. Ivan sourit : allait-il devoir s'installer rue de Babylone, en face de chez Michel et Albane, pour que cette dernière lui fasse un signe chaque matin en prenant son café ? La guide poursuivit ses explications. À Guernesey, dominé par cette sexualité compulsive qui serait la sienne jusqu'à la mort, Hugo ne se satisfaisait pas de sa vieille maîtresse. L'écrivain alpha notait dans un carnet noir, crypté en latin et en espagnol, les aventures qu'il collectionnait par dizaines avec des admiratrices, des prostituées et des villageoises souvent indigentes et parfois mineures. Hugo disait qu'il n'était pas « bouquiniste en amour » – il aimait mieux les nouveautés. « Une belle âme et un beau talent poétique sont presque toujours inséparables », osait affirmer cet ostrogoth de génie. Une domestique de Juliette, Blanche Lanvin, avait servi de dernier amour à l'infatigable coureur de jupons. Le grand-père des lettres françaises avait soixante et onze ans, elle vingt-trois au début de leur liaison. Décrochant à l'évocation de ces détails, Ivan sortit son téléphone pour envoyer un message à Albane. Il se montra concis : il lui dit juste qu'il se situait tout en haut de Hauteville House et qu'il attendait, quand elle le voudrait bien, les explications qu'elle lui avait promises.

Elle lui répondit immédiatement qu'elle ne se sentait pas prête.

Après cette visite suffocante dans l'antre de l'ogre Hugo, aux rideaux de velours pleins de poussière, Ivan ressentit le besoin de prendre l'air. Il alla passer une journée à Sercq, un autre lieu de villégiature du poète, qui voyait dans la Seigneurie et son arboretum « une espèce de château de fées, plein de merveilles ». Les sandwiches au crabe y étaient encore meilleurs qu'à Jersey. On se croyait sur un bout de l'île d'Yeu qui aurait été transporté en Nouvelle-Zélande. Et quand on passait par la Coupée, cette arête rocheuse vertigineuse malgré les garde-fous, on était carrément à Madère, au Pico do Arieiro. Un petit bout de paradis. Au milieu de l'après-midi, Ivan s'arrêta dans une ancienne ferme reconvertie en salon de thé à ciel ouvert, où il goûta seul sur la pelouse donnant sur l'océan. La vue et le chocolat chaud mirent un peu de baume sur son vague à l'âme. L'un de ses héros, Stevenson, était mort à quarante-quatre ans aux Samoa. L'île de Sercq pourrait être sa Polynésie. Et si on l'enterrait ici, finalement, plutôt qu'au cimetière de Passy ?

Ivan était pensif sur le ferry qui le ramenait à Saint-Malo. Il n'avait pas connu grand-chose du vaste monde, et sa visite de Hauteville House le laissait rêveur. Quel était l'écrivain qui ressemblait le plus, physiquement, à Hugo ? Sans doute Ernest Hemingway. Les électrochocs n'avaient pas su soigner ses tourments. L'impuissance minait de surcroît cet autre grand libidineux aux quatre mariages. Un matin de l'été 1961, Hemingway avait pris son fusil de chasse à double canon et s'était tiré une balle dans la tête. Avant lui, son père s'était déjà suicidé ; après lui, sa sœur, son frère et l'une de ses petites-filles feraient de même. Comme chez les Hugo, fallait-il imputer cette série de deuils à un terrain génétique défavorable ou à la présence au cœur de ces foyers d'un *monstre sacré* ? L'expression est parlante. Hugo et Hemingway avaient voulu être des Zeus des lettres, on pouvait voir en eux des Cronos dévorant leurs proches. C'était palpable dans les murs de Hauteville House. Balzac n'avait pas tort de souligner que, chez Victor Hugo, tout était « profondément calculé », et Baudelaire avait raison d'ajouter que « c'est un plaisir très grand et très utile que de comparer les traits d'un grand homme avec ses œuvres ». On peut écrire *Les Misérables* et faire peser sur les pauvres et les faibles sa volonté de puissance. Il dénonçait la « barbarie » dans les dîners en ville de la monarchie de Juillet, mais l'exerçait autour de lui, de la même façon que Michel Hugo produisait régulièrement des films démagogiques et se conduisait mal en privé. Ivan ne condamnait personne, il constatait juste un écart.

Quoi qu'il en soit, pour le gigolo sonnait le glas. Ivan ne voulait plus se battre pour une femme vivant sous la coupe d'un adversaire aussi retors. Les îles Anglo-Normandes appartenaient déjà à la nostalgie. Retournerait-il un jour à Guernesey ? Les remparts de Saint-Malo, maintenant visibles, donnaient envie d'y disparaître. Ivan allait se retrancher derrière cette muraille, c'était l'heure de l'adieu aux armes. Malgré son envoûtement, il prit son courage à deux mains et envoya un dernier message à Albane. Il lui disait que, même s'il n'était pas jaloux, il ne voulait plus se limiter au rôle d'amant. Ce serait trop dur d'attendre des mois ou des années pour rien. Mieux valait qu'ils ne se voient plus, elle et lui. Il la priait de ne plus chercher à le joindre. Et lui proposait ce marché : qu'elle ne reprenne contact avec lui que le jour où elle aurait quitté Michel.

24

Le crime aurait été presque parfait

Son voyage d'affaires à Los Angeles ayant été repoussé, Hugo passa une longue partie du mois d'août sur la presqu'île de Saint-Tropez. Ainsi gardait-il Albane à l'œil. Malgré les bons poissons grillés au barbecue, il ne pouvait chasser les rats qu'il avait dans la tête. Quand il épiait sa femme pendant les repas, il se disait qu'elle ne lui servait plus à rien. Sa disparition aurait été une bonne chose. Il aurait été plus tranquille et aurait pu larmoyer tout son saoul dans les médias, en se composant un personnage de veuf éploré qui toucherait… L'empoisonnement était sorti des pratiques courantes chez les ménages privilégiés. L'arme blanche ou le fusil, Michel n'y pensait pas. Comment s'y prendre pour parvenir à ses fins ?

La première semaine des vacances, il réfléchit. Il n'était pas plus odieux que d'habitude, sauf à table, où il faisait son numéro de matamore devant la fille de leurs amis, Chloé, une lycéenne de dix-sept ans qui avait bien grandi. Avait-elle déjà songé à une carrière au cinéma ? Si ça la tentait, il pourrait la recommander à des directeurs de casting. Toute honte bue, il la fixait droit dans les yeux, lui adressait des œillades, la complimentait outrageusement. Chloé gloussait d'aise devant ses parents. Albane, elle, avait l'impression d'être aux Bains Douches en 1991. Elle se souvenait aussi d'un été chez d'autres relations où, un matin, le mari étant parti courir sur la plage, Michel s'était glissé dans les draps de la maîtresse de maison. Il se disait que c'était dans la poche – ils avaient dû rentrer à Paris plus tôt que prévu.

Un jour où les parents de Chloé étaient sortis faire les courses, Albane, par l'embrasure d'une porte, surprit l'adolescente en train de se regarder dans le miroir de l'entrée. Elle avait mis du rouge à lèvres. Michel, qui lisait dans le jardin, rentra à ce moment-là.

« Tu es très belle, tu sais ?

— …

— Tu permets ? »

Une main sur sa taille, il lui ébouriffa les cheveux, se demandant à haute voix comment elle pourrait les arranger. Elle n'était plus une petite fille. Elle était trop grande pour cette tresse… Une frange, pourquoi pas ?

« C'est fou ce que tu ressembles à Albane – quand elle était jeune. »

Michel et sa femme ne pouvaient pas faire chambre à part. Leur lit double leur semblait minuscule. Le seul contact de la peau de Michel répugnait à Albane. Afin de tolérer cette promiscuité, elle se gavait de cachets pour s'assommer. C'est en la regardant ronfler que Michel eut un éclair de génie. Comment pouvait-elle avoir l'outrecuidance de croire qu'elle lui échapperait, amourachée de quelque gigolo ? Penché au-dessus d'elle, un gros oreiller entre les mains, il rêvait d'étouffer pour de bon cette chochotte assoupie qu'il avait révélée dans *La Belle au bois dormant*.

Le matin suivant, il acheta à la pharmacie de Ramatuelle des somnifères se présentant sous la forme de comprimés effervescents. Il suffisait de les dissoudre dans une boisson pétillante, on n'y verrait que du feu.

Ce jour-là, leurs amis avaient proposé une sortie en mer sur leur bateau. Ils jetèrent l'ancre près d'une crique. En guise d'apéritif avant le pique-nique, Michel fit des Spritz pour toute la tribu, en corsant bien le verre d'Albane. A priori, elle déjeunerait légèrement, plongerait avant même le café et nagerait loin, à sa manière. D'ici là, on pouvait espérer que les comprimés auraient produit l'effet désiré. On ne prêterait pas attention à l'importune, elle filerait frimeuse vers le large, allongerait sa brasse, ne serait plus qu'un point. Là-bas, elle ramollirait peu à peu, perdrait connaissance, coulerait inexorablement – et on arriverait hélas trop tard pour la sauver d'une tragique noyade… Insolation ? Crampes incontrôlables ? Malaise vagal ? Même en cas d'expertise par un médecin légiste, Michel était à l'abri : il soutiendrait que sa femme était accro aux sédatifs – et le prouverait.

« Je suis désolée, je ne me sens pas bien… »

Dès le sandwich, Albane bâilla. Après le dessert, elle demanda à leurs amis l'autorisation de s'absenter.

« Vraiment navrée, je suis hyper fatiguée, je ne sais pas ce que j'ai… C'est comme si j'allais tomber dans les pommes. Je peux descendre m'allonger un peu dans la cabine ?

— Repose-toi. Pas sûr qu'on se serait baignés, de toute façon, au rythme où ça se couvre… »

Les nuages s'amoncelaient en effet dans le ciel. Michel alluma sa pipe, dont il mâchonna le tuyau pour contenir sa déception. Leurs copains décidèrent de rentrer au port. Loupé. Qu'importe : Michel réessaierait.

Le surlendemain, il annonça à ses hôtes qu'ils les laissaient en paix : s'ils acceptaient de leur prêter leur voiture, il aurait bien emmené Albane en promenade dans le massif de l'Estérel pour ne pas les gêner – ils devaient recevoir des cousins de passage dans la région. Par politesse envers eux, Albane accepta de l'accompagner.

Assise à la place du mort, elle se demandait depuis combien de temps ils ne s'étaient pas retrouvés comme ça en vacances tous les deux dans un endroit sublime. Mais les routes serpentaient, et Michel conduisait n'importe comment : il zigzaguait, dépassait largement les vitesses autorisées, lâchait le volant en riant. Elle eut vite envie de vomir.

Connaissant sa passion pour les mystiques, Michel lui avait proposé d'aller voir la grotte de saint Honorat, qui s'était caché là, en haut du pic du Cap Roux, autour de l'an 400. En cette journée très ensoleillée, tout le monde était à la plage. On ne croisait aucun randonneur sur les chemins escarpés traversant ce décor de canyon volcanique biscornu aux roches rouges et aux crêtes déchiquetées. Albane souffrait du vertige, et à nouveau elle ne sentait pas dans son état normal. Quand il fallut gravir la longue route en corniche menant à l'habitation troglodyte de l'ermite, ses jambes flageolaient. Elle voyait double, et la terre ocre glissait sous les semelles lisses de ses sandales compensées, mal adaptées à ce terrain aventureux. Albane crut plus d'une fois chuter du sentier à flanc de montagne.

Arrivée au but de leur marche, elle tremblait comme une feuille. Ce point de vue, pourtant ! Elle s'approcha au bord du parapet qui ne lui montait même pas aux genoux. Le panorama, avec la mer, était à couper le souffle. Elle ferma les paupières pour sentir avec plus d'acuité le vent sur son visage. Elle respirait. Ça allait mieux. Elle aurait presque pu s'endormir debout…

Soudain, elle sursauta. Michel avait posé ses doigts sur ses épaules dénudées. Son souffle dans sa nuque lui donna la chair de poule. Elle se retourna.

« Je ne peux même plus te toucher ?

— Tu es cinglé ! J'aurais pu trébucher !

— Que crains-tu ? »

Il lui faisait face, indéchiffrable derrière ses lunettes de soleil, avec ses lèvres pincées. Quelle chaleur… Albane avait des bourdonnements dans les oreilles et des mouches volantes devant les yeux. Le tournis revint, plus intense. Elle était coincée entre Michel et le parapet. Derrière elle, le vide.

Il lui replaça une mèche derrière l'oreille, puis lui caressa une joue de ses ongles noircis par le tabac.

« Tu as changé…

— Et ?

— Nous avions une belle vie, non ? »

Il lui parlait avec un ton doucereux, d'une voix blanche.

« Mon évidence… »

Il sortit son téléphone.

« Tu ne veux pas qu'on s'asseye tous les deux sur le muret ? Ça fera plaisir à Léopoldine d'avoir une photo de nous. »

Elle lui obéit, pensant que leur fille serait peut-être contente, oui. Michel régla son appareil sur le mode *selfie*.

« Tu nous fais un joli sourire, hein ? »

Il tendit son bras droit, son portable dans sa main.

« Tu n'es pas dans le cadre… Rapproche-toi un peu de moi. »

Avec autorité, il lui passa la main gauche autour de l'épaule, la serrant contre lui et la tirant légèrement vers l'arrière. Lui-même se penchait vers l'avant tout en l'entraînant dans l'autre sens. Cherchait-il à la faire basculer ? Elle faillit perdre l'équilibre, mais se redressa d'un réflexe, effrayée.

« Enfin, chérie, ce n'est qu'une photo ! »

Albane transpirait à grosses gouttes alors que Michel semblait sortir de sa douche, imperturbable.

« Tu ne veux pas réessayer ? Pour notre fille ?

— …

— Dommage, tu ne seras pas sur l'image… »

Il se photographia tout seul et envoya le cliché à Léopoldine.

« Elle sera contente de voir que je pense à elle. »

Le chemin du retour était encore plus périlleux que l'aller, le dénivelé paraissant plus prononcé en descente qu'en montée. Perdant l'adhérence sur son pied gauche, Albane faillit tomber tête la première dans un ravin. Elle enleva ses chaussures pour finir la route. Elle avait mal aux pieds à cause des cailloux, mais c'était moins dangereux. Quand elle rejoignit le parking, Michel l'attendait depuis vingt minutes. Il la fusilla du regard et lui laissa à peine le temps de s'asseoir dans la voiture.

« Arrête de traîner… On va être en retard pour l'apéro, on ne peut pas les faire attendre, c'est incorrect. Ce soir, je prépare des Spritz comme ils les aiment ! »

Lors des derniers jours des vacances, Albane hésita à consulter un médecin. Elle avait tout le temps sommeil. Elle se sentait vaseuse et affaiblie, autant que quand elle avait été atteinte de la mononucléose à quinze ans. Un après-midi, la veille de leur départ, elle perdit pied dans la piscine. Son amie se jeta à l'eau pour la secourir alors qu'elle buvait la tasse. C'était étrange, une aussi bonne nageuse… Sous le coup de l'émotion, une migraine se déclencha. Albane n'avait plus d'aspirine dans sa trousse de toilette. Elle savait que Michel en mettait toujours un tube au fond de sa valise. En cherchant un cachet, elle trouva une boîte de somnifères largement entamée, emballée dans un sachet de la pharmacie de Ramatuelle : Michel les avait donc achetés ici. Alors qu'il n'en avait pas pris. Ses coups de pompe épouvantables des derniers jours… Tous ces Spritz que Michel l'avait forcée à boire pour être un peu festive… C'était donc ça ?

25

À cœur ouvert

Hugo connaissait la phrase de Sagan qui dit qu'on ne sait jamais ce que le passé nous réserve. Il n'oubliait pas que des journalistes enquêtaient à son sujet et préparaient des papiers contre lui, mais il ne voyait toujours rien venir. Ces pucerons de la presse craignaient-ils d'être attaqués pour diffamation ? Quoi qu'il en soit, l'ancien ministre préparait sa défense. *L'Amour moderne* n'avançant pas d'un pouce, il avait d'autres fers au feu, à commencer par la sortie imminente du documentaire sur le féminisme qu'il avait produit.

Lui, se mêler de ces questions ? On aurait pu y voir un chien dans un jeu de quilles. C'était justement l'occasion de renverser la situation. Fin août, en activant quelques relations, ou plutôt en exerçant une forte pression sur la directrice de Radio France, il réussit à se faire inviter au numéro de rentrée d'*À cœur ouvert.*

À cœur ouvert était l'émission que tout le monde attendait le dimanche soir, celle que l'on écoutait en famille dans les embouteillages en revenant de week-end ou à la cuisine en se demandant qu'inventer avec les restes du déjeuner. De sa voix de velours de psychanalyste du service public, l'animatrice Aurélia Werner arrivait toujours à recueillir des confidences inédites de ses invités, le plus souvent issus du monde politique ou du showbiz. Avec près d'un million de fidèles de l'autre côté du poste en direct, audience doublée en podcast, ça passait ou ça cassait, les promos s'y lançaient ou s'y plantaient.

Quand son chauffeur le déposa au pied de la Maison de la Radio, Hugo avait rodé ses éléments de langage en s'entraînant avec son ancien conseiller en communication de la rue de Valois. Dans le studio, il retrouva cette ambiance de sous-marin confortable. En cette fin d'été, il faisait encore chaud. Il enleva sa veste en lin et retroussa ses manches. Il devait maîtriser son discours, sa respiration et sa diction, ne surtout pas rater la séquence médiatique qui s'ouvrait pour lui avec ce documentaire. Son opération reconquête commençait ici.

« Savez-vous que, l'année dernière, j'ai subi un triple pontage coronarien ?

— Je l'ignorais.

— Juste pour dire que ça me fait tout drôle de venir à une émission qui s'appelle *À cœur ouvert*… »

Hugo se souvenait des cours de latin du collège Stanislas, du concept de *captatio benevolentiae.* Aurélia Werner n'avait encore rien vu : niveau voix de velours, il en avait à revendre, quand il le voulait. Il caressait le micro de son timbre profond et rassurant de tribun enveloppant.

« Nous vous recevons pour parler de *Femmes de feu*, un documentaire nécessaire qui sera dans les salles la semaine prochaine.

— Chère Aurélia, vous qui portez le beau prénom d'une héroïne de Gérard de Nerval, vous avez vu le clin d'œil à son livre *Les Filles du feu.* Trop de femmes inspirantes ont été effacées de l'histoire.

— Vous n'avez pas toujours été de notre côté...

— Oh que si ! Quand vous regardez ma filmographie en tant que producteur, c'est tout à fait frappant... D'Olympe de Gouges à Louise Michel, j'en ai réhabilité plus d'une.

— Ce ne sont pas vraiment des inconnues.

— Détrompez-vous ! Olympe de Gouges n'était pas encore au programme du bac quand j'ai monté un film à sa gloire. Et qu'on se souvienne de celui que j'ai fait sur Jeanne d'Arc. Vous aurez du mal à me soutenir qu'elle ne fut pas une fille du feu ! »

Il pensait avoir marqué un point avec ce bon mot. Il fallait plus qu'une vanne pour séduire Aurélia Werner.

« Avouez qu'il y a dans votre travail des choses plus problématiques, qui méritent d'être interrogées...

— Comme quoi ?

— Ce film sur le marquis de Sade, par exemple, intitulé *Le Grand Initiateur*. Ça pose question, non ? L'assumez-vous toujours ?

— Remettons tout cela dans son contexte… Nous étions en l'an 2000, portés par un grand élan post-soixante-huitard. Sade avait été sorti du purgatoire bien avant moi par les surréalistes, puis par les situationnistes et d'autres. Au cours des années 1990, il a atteint l'acmé de son institutionnalisation. À tel point qu'il a eu droit à trois tomes dans la prestigieuse collection de la Pléiade – qui n'est pas à proprement parler un lieu de débauche, vous serez d'accord. Puis-je me permettre de poser une question ouverte ?

— Allez-y…

— Sade est mort en 1814. En 1990, il était très bien vu. Aujourd'hui, en 2024, voilà qu'il est à nouveau voué aux gémonies. Qu'en sera-t-il dans dix ans ? Dans vingt ans ? La postérité n'a pas de colonne vertébrale. Elle ne cesse de fluctuer, nous rangeant tour à tour parmi les bons et les méchants. Méfions-nous de ce que nous disons : ce qui nous valorise ce soir pourra nous disqualifier demain. Ce mouvement de balancier doit tous nous rendre modestes. On ne pèse pas lourd dans le cosmos… Souvenons-nous du mot de Julien Green : "Dieu, n'ayant pu faire de nous des humbles, fait de nous des humiliés."

— Vous voilà bien religieux !

— Et vous, Aurélia ? Vous ne croyez pas aux miracles ? Sortons un peu de notre nihilisme et embrassons le vent du progrès. Convertissez-vous à votre tour ! Vous n'êtes pas féministe ? Vous n'avez pas envie de vous engager pour la cause des femmes ?

— Si, bien sûr, mais…

— C'est maintenant ou jamais. Je le crois réellement. Pardon d'être familier, mais il m'est arrivé de débloquer – que celui qui n'a jamais débloqué me jette la première pierre. Nous ne nous rendions pas compte, et je parle ici au nom de tous les hommes, que nous pouvions avoir des gestes déplacés, que certains de nos comportements étaient inappropriés. Frôler la mort m'a fait réfléchir. J'ai changé… »

Si *À cœur ouvert* était un bras de fer, Hugo l'aurait emporté dès les premières minutes d'antenne. Plus tard au cours de l'émission, Aurélia Werner interrogea son invité sur son épouse. Là encore, Hugo ne devait pas se louper : il savait que, dans le monde actuel, le premier qui parle marque son territoire et aura raison aux yeux de la population.

« J'aimerais d'abord rectifier une rumeur : Albane n'est pas une dingo à la Isabelle Adjani. Elle n'a pas une araignée au plafond ou des chauves-souris dans le beffroi, comme disent joliment les Anglais. Mais elle est en souffrance, et c'est pourquoi je la protège.

— Est-ce la raison de son absence des écrans ?

— Son retrait lui appartient… Vous devriez l'inviter dans votre émission pour lui poser la question directement. Albane broie du noir par moments, elle-même ne s'en cache pas. L'instabilité, n'est-ce pas le propre des êtres d'exception ? Je ne connais pas un seul esprit créatif qui ne soit pas mélancolique. En plus d'être la plus grande comédienne depuis Réjane, Albane est une femme qui invite à la dévotion. Et puis…

— Quoi ?

— Il y a eu un drame dans sa famille il y a trente ans, qui justifie son état actuel. Je crois qu'elle est enfin en mesure d'en parler. Elle est résiliente. Vraiment, vous devriez lui proposer, elle en serait ravie… De mon côté, avec mes faibles moyens, je fais mon possible pour l'aider à s'en sortir. J'ai plusieurs projets pour elle. Je ne la laisse pas tomber. Elle va se relever. Elle reviendra. »

Le chauffeur de Michel l'attendait en bas de la Maison de la Radio. Sur le chemin du retour, l'ancien ministre refit le match : avait-il été convaincant ? Récupérerait-il la ménagère ? Cette épée de Damoclès qu'il avait au-dessus de la tête l'empêchait de dormir. Justice immanente ou ironie de l'histoire, il y voyait un amer châtiment. Longtemps, il avait fait sien l'adage de Victor Hugo : « Je pense des femmes comme Vauban des citadelles : toutes sont faites pour être prises. Toute la question est dans le nombre de jours de tranchées. » Depuis peu, il avait découvert sa part de vulnérabilité. Personne ne le savait, pas même Albane, mais il était atteint du même mal que Hemingway et Grossouvre avant lui. Ses infidélités étaient derrière lui. Il ne pouvait plus faire de mal à une mouche, et les deux médicaments qu'il avait essayés n'y avaient rien changé. Le corps humain a ses limites, la chimie également. Quelques-unes de ses maîtresses lui avaient donné des sueurs froides par le passé, en lui faisant craindre enfants naturels et pensions alimentaires. Il s'en était toujours sorti. Là, c'était autre chose. Il n'y avait pas que des boniments de camelot dans ce qu'il avait raconté sur les ondes. Tout mensonge se fonde sur du vrai. S'il n'avait subi aucun triple pontage, il se sentait affaibli. Enfant, il avait profondément souffert d'un manque d'amour de la part de sa mère. Elle ne s'occupait pas de lui. Comme il était dernier de sa classe à Stanislas, on l'avait envoyé faire un tour des internats de province. Le jeune Michel avait connu les jours de pluie à Juilly, les coups de pression des plus grands, les surveillants inquiétants qui rôdaient dans les couloirs. Un week-end, alors qu'il revenait à Paris pour les vacances de Pâques, sa mère très affairée lui avait demandé ce qu'il fichait là. Elle s'était emmêlé les pinceaux dans son agenda. Sa valise était prête, son taxi commandé. Elle partait pour la Toscane avec quelques copines célibataires qui n'avaient aucune idée du calendrier scolaire. Elle avait laissé à Michel une liasse de billets pour remplir le réfrigérateur avant de filer en chantonnant dans l'escalier de l'immeuble. Michel avait fait des fugues, avant de s'endurcir au contact des mauvais garçons avec lesquels il s'était mis à traîner. Il avait vainement cherché une consolation dans l'argent, les banquets, ses compagnes et ses conquêtes, sans compter les coups fumants qui l'avaient couronné dernier empereur du cinéma français. Cette forme de vengeance ne lui avait pas apporté la paix. Et voilà qu'il avait perdu de son pouvoir et devait aller jouer au mariole au micro d'une donneuse de leçons… Depuis l'adolescence, Michel avait été emporté dans un enchaînement de coups et de blessures infligés et subis, où il peinait à discerner ses véritables actes. À quel point avait-il voulu tout le mal qu'il avait causé au cours de sa vie ? Certes, il avait commis des méfaits quand il était dans la force de l'âge, mais allaient-ils le rattraper alors que ne l'attendaient plus que la sénilité, l'impotence et l'hospice ? Il n'était pas bien lorsque son chauffeur le déposa rue de Babylone, et c'était plus qu'un contrecoup après son numéro radiophonique. Étourdi par le bourdon et le dégoût de tout, il ne se souvenait plus du code. Il se sentait aussi seul que quand il retournait à Juilly après les vacances et qu'il aurait voulu serrer sa mère dans ses bras alors qu'il savait qu'elle ne lui serait jamais d'aucun secours. Au fond, c'était lors de son enterrement, dont il s'était occupé, qu'il avait été le plus proche d'elle. L'orphelin millionnaire dut appeler Albane – elle ne lui répondit pas. Avant que les chiffres ne lui reviennent dans le bon ordre, Hugo passa deux minutes ainsi, bloqué sur le pas de sa porte, lamentable. Il aurait été le dernier à le reconnaître, mais il aurait eu besoin d'une marque d'affection. Laquelle ne viendrait de personne.

26

La fugitive

De cette émission, les auditeurs ne retinrent qu'une seule phrase : « Albane n'est pas une dingo à la Isabelle Adjani. » Au jeu du téléphone arabe, avec déformation immédiate et effet boule de neige, la rumeur répandit une autre musique : Hugo avait déclaré que toutes les femmes étaient folles. Un cas de sexisme caractérisé, une malaisante misogynie.

L'ancien ministre déboussolé ne pensait pas que cette simple plaisanterie pourrait se retourner contre lui. Il s'était pourtant montré précautionneux, il avait donné des gages… Il ne comprenait plus rien aux susceptibilités aiguisées de notre époque. Au faîte de son alignement avec l'air du temps, quand il passait à la télévision à *Lunettes noires pour nuits blanches* puis à *Tout le monde en parle*, il était bienvenu d'épicer ses réponses de quelques blagues graveleuses. On vous faisait même boire dans les loges pour vous pousser à être extraverti. Imbibé de champagne et de vodka, on prenait moins de pincettes. De l'eau avait coulé sous les ponts. Dans les médias, l'invité idéal était désormais le bonnet de nuit. Michel Hugo avait-il tort quand il s'étonnait de l'inconsistance de la tendance, laquelle si souvent variait ? Bien fol qui s'y fiait.

Albane n'avait pas entendu *À cœur ouvert* en direct. Alertée par une cousine, elle s'empressa d'écouter ça le lendemain, alors qu'elle déjeunait seule d'une salade de tomates dans sa cuisine. Elle en tomba de sa chaise.

Le soir, elle guettait au salon le retour de son mari. La théière de tisane avait eu le temps de refroidir. Vers 22 heures, la porte s'ouvrit enfin. Michel avait à la main une raquette et un sac de sport.

« Désolé de rentrer si tard, j'avais un tennis.

— Depuis quand tu t'y es remis ?

— Là… C'est bon pour le cardio.

— C'est vrai que, après un triple pontage, il faut être vigilant… Tu as raison de prendre soin de toi.

— Tu m'as écouté à la radio ?

— Tu racontes vraiment n'importe quoi.

— Il faut bien émouvoir l'opinion… Nous sommes tous à vendre, de nos jours. Tu m'as trouvé comment ? Efficace ?

— Épatant, tu veux dire !

— Merci ! Ne m'en veux pas, je vais aller prendre un bain. Passe une bonne soirée. »

Il pensait en avoir fini avec elle. Pas de chance, Albane se mit sur son chemin.

« Tu n'as pas honte de raconter devant un million de gens que je suis une frappadingue ?

— Tu m'as mal compris : c'est Adjani qui est une dingo ; toi, tu es juste malade. Et je suis là pour que ça aille mieux.

— Tu mériterais que je te jette la théière au visage.

— Quelle ingratitude ! J'ai dit tout ça pour te valoriser, je te le promets. C'était une déclaration d'amour à l'antenne. Je ne mélange pas les chichiteuses et les désespérées. Il y a une noblesse des maniaco-dépressifs. Ce n'est quand même pas une lectrice de Virginia Woolf qui va me contredire ? Camille Claudel a passé ses trente dernières années dans un asile d'aliénés. Tu préférerais être une fille lambda ou une femme géniale comme Camille Claudel ? Sois un peu ambitieuse ! On pourrait tourner un nouveau film sur elle, tiens, avec toi dans le rôle-titre. Être Camille Claudel, ça te tenterait ?

— Je n'ai pas de problèmes psychiatriques, Michel. Mon seul problème, c'est toi.

— Allez, ça recommence… Tu aurais voulu que je lâche quoi à la radio ? Que tu t'envoies en l'air avec n'importe qui ? Pardon, mais je vais aller le prendre, ce bain. Ce sera toujours plus intéressant que de discuter avec toi. »

Il poussa Albane une nouvelle fois, bien décidé à s'en débarrasser. Elle lui attrapa le bras.

« Si seulement Jean-Yves ne nous avait pas présentés…

— Oh non, pas encore le même disque, je t'en prie… Tu veux encore me reparler de Jean-Yves ? Il est mort, Jean-Yves ! C'est fini, Jean-Yves !

— Vous avez tout fait pour me nuire, *tu* as tout fait pour me nuire.

— C'est trop facile de réécrire l'histoire après coup. Je revois ton sourire, quand je te sortais dans tes premiers cocktails… Tu étais heureuse, alors !

— Michel…

— Quoi encore ? Tu vas t'inventer un syndrome de Stockholm ? Poser sur des tapis rouges au Festival de Cannes, il y a pire comme torture, non ?

— Michel…

— Laisse tomber. Tu as vu qu'il y a ce soir une programmation spéciale en ton honneur à la télé ?

— Non.

— D'abord notre *Jeanne d'Arc*, puis, en deuxième partie de soirée, *Vie et Mort de Marie-Antoinette*. Et c'est comme ça que tu traites ton pygmalion ? Tu étais bien contente de me trouver, quand tu avais dix-sept ans. Je n'ai jamais abusé de toi. Je t'ai appris à jouer, à t'habiller, à te coiffer, à te tenir, à marcher même… Je t'ai starifiée. Si je n'avais pas existé, tu aurais eu à chercher du travail.

— Michel !

— Laisse-moi finir. Je connais tes scrupules. Or on n'a pas d'Oscar sans casser des œufs. D'accord, il y a eu quelques *girls* pour Weinstein et autres, mais elles étaient bien payées… Quant à tes délires sur Jean-Yves, eh bien, c'est ta famille !

— C'est dégueulasse que tu aies parlé de Paul à la radio.

— Je ne suis pas entré dans le détail ! Tu devrais saluer ma discrétion !

— Je ne te pardonnerai jamais. Pour moi, c'est pire qu'un blasphème, tu le sais très bien.

— Oh, ce n'est quand même pas ma faute si on trouve tous ces tarés chez toi : Leblanc, Dubois… De mon côté, personne ne tue. Pardon d'avoir les mains propres. Je ne suis pas responsable de toutes les misères du monde. Je n'ai jamais été interné à Sainte-Anne, moi ! »

Son sac de tennis avait la bonne dimension pour y mettre un fusil à canon scié. Pourquoi Dubois n'avait-il pas engagé Hugo comme partenaire de double lors des deux années où ils s'étaient fréquentés, entre 1993 et 1994 ? Un court moment, Albane vit le visage de son ancien beau-frère se superposer à celui de Michel. Elle resta calme.

À l'adolescence, Albane avait souligné cette phrase dans une nouvelle de Tchekhov, lue à l'école : « Si vous craignez la solitude, ne vous mariez pas. » Elle aurait dû étudier davantage ce paradoxe apparent qui s'avérait si juste. La solitude, encore, c'était un moindre mal. Qu'est-ce que Tchekhov faisait de la peur ? Albane était enfin en train de la dompter. Le brouillard qui lui avait si longtemps voilé sa vie se dissipait. Quelque chose se libérait en elle.

« C'est fini, Michel.

— Qu'est-ce qui est fini ?

— Nous deux, tout ça, je ne peux plus... »

Il paraissait groggy.

« Tu ne peux pas me faire ça, là !

— C'est-à-dire ?

— Avec ce qui m'arrive...

— Il ne t'arrive rien. C'est dans ta tête que tu es malade. Ne me parle plus de Sainte-Anne. Va te faire soigner, toi ! »

Quand tombe une dictature et qu'on déboulonne les statues du despote sur les places publiques, on s'aperçoit que son régime était plus friable qu'on ne l'imaginait. Aucune larme, même de crocodile, ne monta aux yeux de Michel Hugo. Il était juste stupéfait.

« Ne nous précipitons pas. Soyons philosophes. Laisse-moi encore une dernière chance...

— Tu l'as eue pendant trente ans. Il est trop tard. »

Rompre demande un cœur d'acier. Albane l'eut.

« Je vais me trouver un hôtel pour cette nuit. Je repasserai chercher ce qui m'appartient. Mais je ne reviendrai pas. »

Dans son taxi vers le square Pétrarque, Albane hésita à appeler Ivan, avant de se raviser. Casanier comme il était, il devait être affalé sur son canapé, en robe de chambre. Ou bien déjà couché. Aurait-elle eu la force de se séparer de Michel si Ivan ne lui en avait pas donné l'impulsion ? Grâce à lui, elle avait repris confiance en elle. Elle n'était pas fière de lui avoir posé un lapin. Lui en voudrait-il ? À Ramatuelle, elle n'avait pensé qu'à Guernesey. Mais elle s'était pliée à la demande qu'il avait formulée : ne plus le déranger avant d'avoir tranché.

La voiture franchit la Seine au niveau du pont de l'Alma. Dans trois minutes, Albane serait en bas de chez Ivan. Elle rangea son téléphone avec un grand sourire aux lèvres. Elle ne le préviendrait pas avant d'appuyer sur la touche de l'interphone. Ça lui ferait la surprise.

27

Les contemplations

Albane ne pouvait pas deviner qu'Ivan n'était pas chez lui. Quelques jours plus tôt, ne sachant plus à quel saint se vouer, il avait appelé sa tante.

« Allô ?

— Tante Catherine, c'est moi, Ivan.

— Ah ! Tu te remaries enfin, mon coco ?

— Pas spécialement…

— Je sens que ça ne va pas. Je me trompe ?

— Non.

— Je te proposerais bien une Rotonde, mais je ne serais pas de très bonne compagnie : j'ai une crise de goutte, figure-toi, mon médecin m'a mise au régime sec…

— On aura tout entendu !

— Il n'y a pas de quoi rire : la diète, ce n'est pas drôle.

— Nous voilà dans de beaux draps, l'un et l'autre.

— Tu traverses quoi, toi ?

— Oh, juste un nouveau passage à vide…

— Je ne peux pas t'aider, mais j'ai une idée : tu devrais demander à Vladimir qu'il te prête la maison. Je sais qu'il n'y est pas, en ce moment. Ses petits-enfants reprennent l'école, lui-même est rentré à Paris. Il te passera les clés. Un bon bol d'air basque te fera le plus grand bien. »

Le surlendemain, Ivan arriva en début d'après-midi en gare de Saint-Jean-de-Luz. La villa années 1930 de son grand-père, reprise dix ans auparavant par son oncle Vladimir, dominait la colline Sainte-Barbe. On avait une vue plongeante sur la plage, la digue et, au loin, le fort de Socoa, comme en carton-pâte ou en papier rocher. Ivan repensa à la crèche que préparait sa grand-mère à l'époque où ils fêtaient Noël ici. La messe de minuit était dix fois trop longue, il aimait mieux les vacances d'été. Dans le jardin, les hortensias roses et bleus n'étaient pas encore fanés. À l'intérieur, après avoir ouvert les volets, Ivan respira cette odeur d'humidité si typique. Attaché ainsi qu'eux tous à la mémoire des lieux, son oncle n'avait rien voulu changer à la mort de ses parents, pas même l'abominable toile cirée de la cuisine. Les photos et les bibelots semblaient incrustés aux murs et aux meubles comme d'antiques coquillages sur des pierres – impossible de les en arracher. Quand Ivan était petit, on installait les enfants au second, sous les combles. Des dortoirs de cousins où l'on se croyait dans un chalet à la montagne. Ivan ne voulut pas d'une chambre d'adulte, il monta à l'étage de sa jeunesse, jeta son sac et se laissa tomber sur un petit lit au sommier enfoncé et à la couverture qui grattait – le bon vieux pageot dans lequel il dormait déjà lors de l'été 1994, celui où il était allé se coucher en ayant une pensée pour Alexis après le penalty raté de Roberto Baggio en finale de la Coupe du monde de foot. Les quatre heures et demie de train l'avaient fatigué, une sieste ne serait pas de refus. Ivan éteignit son téléphone, ferma les yeux et inspira profondément. Cette maison de famille demeurait le refuge après lequel on court toute sa vie, et qu'il n'avait pas trouvé lors de son mariage malheureux.

À son réveil, il n'avait pas voulu rallumer son portable. Il aurait même pu le balancer dans l'océan Atlantique. Pendant ces quelques jours sur place, il ne serait joignable pour personne.

Au garage, la tête fendant les toiles d'araignées, il se prit les pieds dans les mobylettes rouillées de ses oncles. Elles roulaient encore à l'été 2003, quand, avec trois copains, il était venu fêter le bac. La Licorne, la boîte de nuit de Bidart, n'avait pas encore ouvert, de mémoire. Ils chevauchaient leurs engins jusqu'au Blue Cargo, le restaurant chic de la plage d'Ilbarritz que surplombait le manoir d'Albert de L'Espée, ce baron perché. Ivan et ses amis n'avaient pas les moyens de se payer des verres, alors ils s'en faisaient offrir par des femmes mûres ou en subtilisaient à des ivrognes trop avinés pour se rendre compte de leurs larcins. Ils rentraient à l'aube en poussant leurs mobylettes au maximum. Aucun des quatre bacheliers ne portait de casque. Ils avaient cet âge où l'on est tout entier porté par l'espérance. Saouls, le vent estival dans les cheveux qu'ils avaient perdus depuis, ils construisaient des châteaux en Espagne, s'imaginaient des vies réussies sur tous les plans. Ivan ne pensait pas qu'il divorcerait si tôt.

Au petit déjeuner, il prétendait être revenu de soirée bien avant l'heure réelle. Ses grands-parents, pas si dupes, semblaient le croire. Personne n'envisageait encore qu'ils disparaissent. Leur absence nimbait leur maison d'une attente toujours déçue. Chaque fois qu'il poussait le portail du jardin, Ivan croyait que sa grand-mère allait l'accueillir sur le palier, et qu'il tomberait au salon sur son grand-père plongé dans son journal, en l'occurrence *Le Figaro*, cherchant avec appétit dans le carnet du jour ce qu'il appelait « des morts amusantes » – une fille avec laquelle il dansait quand il avait vingt ans ou un ancien camarade de régiment lui ayant fait des crasses. Les annonces de leurs décès avaient fini par paraître dans le quotidien auquel ils étaient abonnés.

Les mobylettes étaient inutilisables depuis belle lurette, mais son oncle Vladimir l'avait autorisé à se servir de son vélo électrique. Ivan prit les mêmes routes que pendant l'été 2003, songeant à ses vœux d'alors, à ce qu'il avait raté et ne pourrait plus réparer. Les ciels changeants qui se déploient entre Hossegor et Hendaye étaient propices à la méditation. En rentrant d'une balade, il alla prendre un verre au Bar basque, cette adresse très rétro où se rendait Hemingway. La mort d'Alexis ne quittait pas son esprit. Elle avait tant conditionné sa vision du monde, son pessimisme, sa méfiance vis-à-vis de l'envers de l'élite sociale et de la violence potentielle de la vie à deux. Quelle incroyable coïncidence qu'il ait rencontré une femme ayant un rapport si intime avec le carnage fatidique qui avait bouleversé sa jeunesse et façonné sa vie. Et encore, ignorant tout du lien entre l'affaire Dubois et l'affaire Epstein, Ivan ne connaissait qu'une moitié de l'histoire. Il avait dû survoler dans la presse des articles sur le proxénète Jean-Yves Leblanc, mais n'avait pas tilté. Il ne savait pas que Jean-Yves avait fréquenté la villa Vermeer, et qu'il se moquait de sa belle-sœur Marie, qu'il jugeait « coincée » – quand il repartait de chez elle avec Céline, il cassait du sucre sur son dos. Autre rapprochement déconcertant : la prison de la Santé où s'était pendu Jean-Yves en 2022 se situait juste à côté de la Cité fleurie où travaillait Octave. En 1992, séduite par son tableau représentant les Dubois, Céline lui avait demandé de faire le portrait de Jean-Yves. Octave s'était rendu dans leur loft du Marais pour peindre Jean-Yves en mode faux Warhol. D'Ingres à Van Gogh, il avait plus d'une corde à son arc… Dieu là-haut devait sourire avec peine de cette comédie humaine.

Ivan était depuis deux jours à Saint-Jean-de-Luz quand eut lieu, à huit cents kilomètres de là, la séparation entre Albane et Michel. L'information n'était pas arrivée jusqu'au Pays basque. En parcourant la bibliothèque, Ivan tomba sur quelques Hugo en poche, dont *Le Dernier Jour d'un condamné* – il ne serait pas celui-là. La musique lui serait plus agréable que la littérature. Dans le salon de la maison de famille d'Ivan, son oncle avait gardé la collection de vinyles du grand-père. Ça allait d'Erik Satie à Jacques Dutronc. Certains disques, gondolés, étaient hors d'usage. En parcourant les microsillons, Ivan mit la main sur *Just a Gigolo* de Louis Prima. Il y vit un signe. Il se servit un large verre de Lagavulin, le whisky de prédilection de son aïeul, et lança la chanson.

There will come a day
When youth will pass away
What will they say about me ?
When the end comes I know
I was just a gigolo
Life goes on without me

La trompette allègre ne camouflait pas, et même amplifiait considérablement, la tristesse du morceau. Après avoir dîné tout seul d'un repas froid, Ivan voulut lire. Il était incapable de se concentrer. Alors il mit la télévision. En zappant, il tomba sur *Vie et Mort de Marie-Antoinette.* Cela faisait beaucoup de signes… Le film le magnétisa. Il connaissait la fin (ça ne se terminait pas bien), et ce qu'il avait appris de la vie d'Albane donnait encore plus de densité à son rôle et à son interprétation. Les scènes de captivité au Temple et à la Conciergerie le firent penser à Marie, la prisonnière de la villa Vermeer qui n'avait pas su s'échapper à temps. Combien de moments décisifs ratons-nous dans nos vies ? À la suite de son procès, on conduisait Marie-Antoinette à l'échafaud. Les plans serrés sur le visage d'Albane étaient poignants. Le bourreau l'exécutait froidement, sous l'acclamation de la foule. Ivan songea que le mari d'Albane l'avait souvent mise à mort au cinéma. Sur cette réflexion démarra un générique sans musique. Cette litanie de noms égrenés dans un silence religieux laissait le spectateur dans un état second. Ivan se servit un autre verre de whisky, dans un état de transe contenue tout à fait significatif de son caractère.

À ce moment très précis, à Paris, Albane descendait de son taxi. Ivan alla prendre son téléphone et s'assit sur un fauteuil du salon en faisant pivoter l'appareil éteint entre ses doigts. Quel imbécile. Sa bouderie ne lui apportait rien, cette gaminerie devait certainement cesser. Il aimait vraiment cette femme. Elle sonna à l'interphone de son immeuble une fois, deux fois, trois fois… Personne ne répondait square Pétrarque. Il n'y eut pas de quatrième tentative. Albane regarda son portable, mis en mode silencieux : elle n'avait raté aucun appel ni aucun message. Un coup sur la tête, elle comprit qu'elle allait devoir se mettre en quête d'un hôtel, à plus de minuit. Ivan avait sans doute renoncé à leur histoire ; il s'était peut-être déjà trouvé quelqu'un d'autre et dormait chez cette fille… Elle rangea son téléphone tout au fond de son sac à main. De son côté, Ivan hésitait toujours à rallumer le sien pour lui envoyer un mot. Il ne pouvait pas la laisser filer. Il était temps de conjurer le mauvais sort et de construire quelque chose avec quelqu'un. L'autodérision a ses vertus, mais il valait quand même mieux qu'un gigolo… Pourquoi la vie ne continuerait-elle pas avec lui et, encore mieux, avec elle ? Il lui écrivit qu'il souhaitait la revoir au plus vite, qu'elle ait ou n'ait pas quitté Michel. Alors que ces quelques mots lui parvenaient, ne sachant où chercher une chambre dans le quartier, Albane repassait une nouvelle fois devant la haute grille noire de la villa Vermeer, le cœur si lourd qu'elle n'était pas loin de s'évanouir.

La collection PAVILLONS est née au sortir de la Seconde Guerre mondiale du désir de traverser les frontières grâce aux littératures du monde. Depuis 1945, elle réunit une grande famille d'auteurs. D'Evelyn Waugh à Bret Easton Ellis, de Dino Buzzati à Margaret Atwood, de Stefan Zweig et Primo Levi à Alia Trabucco Zerán, cette collection mythique s'est dédiée à tous les horizons, elle s'ouvre désormais aussi à la littérature française. Entrer dans un livre de PAVILLONS, c'est larguer les amarres, scruter, rêver. Tel un drapeau que l'on hisse haut sur un navire, la collection affirme la force des imaginaires, la beauté des êtres.

Le soleil estival réchauffait son visage
et lui remettait en mémoire d'autres moments.
Il entendait encore les cris de ses camarades,
ces pépiements qui montaient
à l'approche des grandes vacances.
On allait ouvrir la cage aux oiseaux.

C'est sur cette réminiscence
que la maison Robert Laffont a achevé d'imprimer,
au cœur du printemps,
L'Amour moderne, la main tendue vers l'été
– et la rentrée (littéraire).

Robert Laffont

Imprimé sur du papier issu de forêts gérées durablement.
Impression : Imprimerie Floch
N° éditeur : 69461/03 – N° imprimeur : 108052